鬼道少女
3
不能重來的遊戲
逢時——著
Yin Yin——繪

楔子

黃泉路上，眾魂行色匆匆，只能向前，不能退後。

這是踏上這條路的人都得遵守的規矩。

蘇輕低著頭，他身上披著一件灰色斗篷，兜帽罩住了他原本風華萬千、如今卻消瘦枯索的面容。他不斷地往前走，看起來與周遭前行的魂魄們沒有任何分別。

蘇輕原先的一頭銀白色髮絲而今已是漆黑如墨，如同他已全數染黑的九尾。仙人說，他已入魔道，這話蘇輕是信的，畢竟他現在滿心殺意。

他想殺了該死的冥界鬼主，想搗毀這裡的一切，什麼冥界、什麼天界，都不是他與葉千秋的容身之處，那存在又有何意義？

他殺意更盛，面容轉瞬在人狐之間變化了無數次，要不是肩上忽然一痛，恐怕他早已現出眞身。

「小狐狸，別著急呀別著急。」

仙人的聲音從肩上傳來，蘇輕冷哼一聲，並不回答，但仍勉強收斂了心神以及渾身殺氣。要不是有仙人相助，他恐怕找上好幾百年，都找不到這只爲亡魂敞開的冥界之門、黃泉之路。

而且仙人倒是縱容他，他要來冥界，仙人非但不阻不攔，還幫忙指路，甚至分了一絲心神替他掩蓋住肩膀上的靈火，讓他順利混入黃泉路，跟這群死不知何往的亡魂走在一塊兒。

不過他依舊覺得，不管是仙人還是鬼主，全都不是什麼好東西。蘇輕現在豁出去了，也不想再曲意奉承，他的心裡只剩葉千秋，其他什麼顧忌全是屁。

蘇輕忿忿地想著，但不敢再妄動。這裡有十萬亡魂，更有無數勾魂使穿梭其中，他還沒見到葉千秋，得盡量隱忍。

黃泉路上幾乎可以稱得上是摩肩擦踵，眾多亡魂卻不曾開口交談。他們臉色蒼白、腳步虛浮，還有人一步一回頭，但在這裡只能前行，不能折返，他們再有多少不捨，也都得捨。

蘇輕隱身在隊伍裡，對於身後的世界，他沒有一絲一毫的眷戀，他甚至有些急躁，他只想趕快找到葉千秋，帶她離開這裡。

「小狐狸啊……」仙人的聲音再度響起。「你真的不後悔嗎？我甭算都知道你的勝算不大呀。」

蘇輕沉默。他跟冥界鬼主交手過兩次，都以慘敗收場。他很有自知之明，他不是勝算不大，而是以卵擊石，找虐來著。

但葉千秋還在等他。

他答應過葉千秋，他答應會去救她，會把她的靈魂從冥河撈起，裝在球裡面，永永遠遠貼身帶著。

他還答應她，要在幽冥地底放兩台電腦，拉兩條網路線，一天，就是永遠。

他看著前方似乎沒有盡頭的黃泉路，又加快了腳步。

「喂！」

忽然，蘇輕的肩膀被重重拍了一下。他頓住腳步，慢慢回身，低著頭開口，聲音很輕，故意表現出有些惶恐的樣子。

「你……找我嗎？」

「不找你，我叫你做啥？」來者是勾魂使，陰風吹得他的衣袖獵獵作響，他一張臉慘白慘白的，張大著嘴笑，笑得見牙不見眼，尋常亡魂哪怕只是看他一眼，都肯定會被嚇得不輕。

因此，他也不在意蘇輕低著頭，這裡的千百個亡魂裡恐怕沒有一個敢抬頭看他。

「我看你魂身挺強壯的，要不要考慮成爲勾魂使？我們正在招募人才，包吃包住還包轉生，你下輩子要是不想當個窮得叮噹響的小乞丐，加入我們準沒錯！」

蘇輕愣了一下。

這是什麼狀況？他好端端地走著都能被瞧上？還稱讚他魂身不錯，千年天狐的素質能不好嗎？還是說他暴露身分了，這只是一個試探？

蘇輕心中警鈴大響，但勾魂使站在他面前，笑得開懷。

他沒辦法，只好回答，「成爲勾魂使能見到……鬼主嗎？」

勾魂使先是皺了皺眉，蘇輕從兜帽底下覷了一眼，暗叫不好，勾魂使卻重重拍了他的肩膀，「你這小子野心很大啊，還想當勾魂使長嗎？這就要看你本事夠不夠啦！好好幹的話，五十年，不，三十年，應該可以調進去吧！」

這勾魂使倒是個熱心的，雖然他完全誤解了蘇輕的意思。

蘇輕心裡微微一鬆，幸好危機就是轉機。

他暗暗收斂心神，桃花般的狐狸臉慢慢轉變，成了一個平凡的年輕人。他摘下兜帽，咧開笑容，「那大哥，麻煩你了啊，我眞想當那個什麼勾魂使長！你知道嗎？我這輩子就是太窮，才會這麼早死啊！」

勾魂使一臉理解的拍拍他，帶著他走出隊列。有了勾魂使開路，他們飛快地前行，幾乎一步千里，不多時，勾魂使就帶著蘇輕跟自己的夥伴會合了。

「你們看，我找到什麼？這人魂資質好啊，一路跟著我走都沒有脫隊，太稀有了！我們這個小隊這次說不定可以記上一筆大功了！」

人魂的資質每況愈下，勾魂使大量短缺，要是能找到堪用的新魂，該支小隊就會被記上一筆功勞，升遷的機會也會因此增加。不過這名勾魂使興高采烈，蘇輕內心卻是一凜，他知道完了。

果然，這個把蘇輕從眾多亡魂中撈出來的勾魂使雖然是個粗神經，但他的上司可不是。本來在黃泉路盡頭歇息的勾魂使小隊長瞇起眼睛，不動聲色地開口。

「你說，他就這樣跟著你走了過來？」

勾魂使傻乎乎地點點頭，蘇輕暗退一步，無奈爲時已晚。

小隊長雙手背在身後，做了個手勢，所有勾魂使散了開來，圍住蘇輕。他沉聲說：「普通人魂不可能有能力跟著你一路走過來，新死的亡魂連路都走不好了，更何況，這條路他們還得走上三五個月才能遺忘前塵往事。聽令，把他給我拿下！」

蘇輕嘆息，果然好差事不會平白無故從天上掉下來。他拍拍肩上的仙人，「你看到了，這不是我的錯啊。」

仙人也低低嘆了口氣，「你這傢伙實在是太倒楣了。」

有仙人指路，卻連黃泉彼岸都過不去，眞是天地間最倒楣的天狐了。

蘇輕不囉嗦了，既然無法繼續藏頭露尾，那就只能大幹一場。他長吼一聲，巨大的黑色天狐現形，九尾橫空擺盪，殺意如潮。

「你太自不量力了！」

勾魂使小隊長瞇起眼睛，「冥界軍隊可不只我們勾魂使而已，你難道要以一己之力抗衡千軍？」

「爲了她，千軍萬馬又有何懼？」

蘇輕咧開嘴笑，壓低身子，如箭一般疾射而出，「而且只要我速度夠快，就不會驚動別人。你們呀，倒是讓我想到了一個好主意。」

他渾身散發殺意，勾魂使小隊長忍不住退了一步。

「什、什麼好主意？」

「殺光你們，取代你。」

九尾天狐速度快得像一道閃電，狠狠劈向眼前敵人。

葉千秋，妳等我。

我一定會履行承諾，一定會的，不管前方有什麼，都不能阻攔我。

妳別怕，等等我，我很快就到。

第一章

時光回溯到葉千秋剛被鬼主帶來冥界的時候。

她看見日夜糾纏自己的夢魘在眼前成眞，看見蘇輕慘遭剝皮之刑，魂死身滅，於是束縛她繼續爲人的枷鎖頓時斷了，她成爲疫鬼，一心只想殺掉眼前的冥界鬼主。

她那時癲狂得幾乎無法視物，只知道不斷地朝鬼主攻擊，一次又一次，不知疲倦。但她與鬼主根本不是同一個等級的，鬼主仍輕鬆將她帶回冥界，直奔某座大山之下。

等她冷靜下來，感覺到五臟六腑痛得像在焚燒，四肢百骸一下又一下鑽心疼著，才注意到自己身在何處。

她被囚禁在幽暗的地洞裡，眼前只有些微鬼火的光亮，整個人背部朝天，前胸朝地，趴在冰冷的陰土上，陰魂的氣息竄入鼻尖。

她閉了閉眼睛，有種麻木的疲倦感，心中彷彿永無止盡的怨氣如今只餘下大火焚燒後的灰燼。

蘇輕還是死了，而她還是成了疫鬼。

命運對她眞是太公道了，半點機會都不留。

終於走到這一天，她從出生以來就等著面臨的這一天。

她終究等到了她的刑罰。即使她根本不知道自己做錯了什麼。

她一動也不動，這裡十分幽暗，她的背部到胸前一陣陣火辣辣的疼，卻不太明白這種疼痛爲何而來。

突然，一雙小手顫抖著摸上她的臉頰。

小手冰冰涼涼的，帶著點孩子身上的奶香，讓葉千秋從無邊的疼痛中清醒過來一些。她略微抬起頭，看見一個小女孩。

小女孩綁著羊角辮，看起來才七、八歲，她什麼也沒說，就只是蹲在那裡看著葉千秋，默默地哭。

葉千秋看著她哭了半晌，疼痛沒有減輕半分，倒是覺得好笑。

「妳哭什麼？」

她還是趴著，五臟六腑都疼得難受，要不是現在連一根手指都動不了，她寧願把這些臟腑全掏了乾淨。但如果眞有那樣的力氣，她可能會先考慮一頭撞死在壁上。

那孩子不斷地哭著，葉千秋又開始微微走神。在這種持續不斷的痛楚中，要維持神智清醒實在太難。

「咳……」

葉千秋艱苦地咳了一聲，背部又傳來鑽心的疼。她勉強回過神，「我說，妳哭什麼啊……」

她現在慘成這樣，活像條砧板上待宰的魚，也都沒有哭了。

「對不起……」

那孩子話還沒說清楚，眼淚又滴滴答答的掉，淚珠像不用錢一樣的灑。她仰起頭，小臉已經哭得一片通紅。

葉千秋嘆了口氣，她的命實在不好，都成這樣了，還有人來哭得她心煩。她沒好氣的開口，「妳要是愛哭，等我死了再來哭墳唄。」

不知道爲什麼，聽了她的話，小女娃哭得更淒慘了，幾乎是一把鼻涕一把眼淚，還伸出抹了一手眼淚的爪子往葉千秋的臉抓去。

葉千秋下意識地避了避，果然又是一陣令人恨不得暈過去的疼。

她深深吸了一口氣，催眠自己：不疼不疼，只是蚊子叮、螞蟻咬。她看著那隻髒兮兮的爪子揪住自己的一綹髮尾，覺得自己簡直慘得不能再慘。

但看小女娃哭得如此眞心實意，葉千秋莫名有點心軟了。

「妳別哭了，誰搶了妳的玩具，還是哪個壞小子揪妳的頭髮？說給姊姊聽，姊姊幫妳……罵他。」

葉千秋很沒種地選擇動動嘴皮子。

這也不能怪她，她已經像團爛泥一樣趴在這裡不知幾天幾夜，連動一根手指頭的力氣都沒有，要幫小女娃出氣太難了。

沒想到當疫鬼是天上地下絕無僅有的好差事，什麼事情都不用做，只需要整天躺在這裡。如果忽略那鑽心的疼痛，簡直可以算是閒差了。

「都是我的錯！」

小女孩卻哇的一聲大哭起來，如果本來只是默默下著梅雨，那現在簡直是颱風過境了。她站了起來，小小軟軟的身子撲向葉千秋，抱住她的頸子嚎啕大哭。

葉千秋一看她站起來，就知道糟了，可惜人爲刀俎我爲魚肉，葉千秋正是砧板上動彈不得的倒楣魚，小女娃這樣往她身上一撲，她頓時乾脆地吐了口鮮血。

她又深深地、深深地吸了一口氣。

鬼主，殺人不過頭點地，不用費這麼大工夫，派這小女娃來折騰我。你沒這麼惡趣味吧？

她在心裡暗罵，面上仍然毫無表情。沒辦法，太疼了，臉皮都疼僵了。

她喘了半晌才有力氣開口，小女娃仍然不知疲累的哭。

「妳唯一做錯的事情就是壓在我身上。妳多大了？自己多重不知道嗎？還往人身上撲，妳狗啊？還是想壓死人？一邊坐好！」

葉千秋的語氣有些冷淡，小女娃似乎很怕她發怒，馬上乖乖站起來，抽噎著坐在葉千秋的腦袋旁邊。

「過去一點！」葉千秋又冷冷地喝道。

小屁股乖乖往旁邊挪了兩下，爪子卻牢牢捉住葉千秋的髮尾。

要不是看這小傢伙穿著整潔，葉千秋都要以爲她也是被關在這裡的倒楣鬼之一了，哭成這樣，簡直像死了娘似的。

葉千秋看她不再煩人，便懨懨地想閉上眼睛。太疼了，疼得她都沒力氣想像自己把鬼主千刀萬剮的畫面。

但小女娃不哭之後，開始想說話了。她的聲音柔軟好聽，小臉蛋圓潤，小胳膊小腿也肉肉的，看得出來有大人細心照顧。

「對不起……要不是我，妳也不會被關在這裡……」

她抽抽噎噎地說，葉千秋懶懶地抬頭看她一眼。

這孩子該不會是鬼主的第二人格吧？那傢伙看起來就是個神經病。老天啊，可別讓她料中，不然，這女娃怎麼會說自己會變成這樣，都是她害的？

她是疼得快瘋了，但還沒瘋，這世上唯一害過自己的人，就是那個該死的神經病！

「妳是誰？」

葉千秋只是隨口問問。那個神經病就算有這樣的一面，大概也不可能顯露出來，還讓她看到。

但小女娃認眞地回答：「我是陰慕雪，爹爹說我的名字是念著娘的名字取的。」

得了，是單親家庭。

等等……葉千秋忽然一陣惡寒，顫抖著唇問：「妳爹是什麼人？」

小女娃理所當然地說：「我爹爹是陰離。」

「別人都叫妳爹什麼？」葉千秋總算掌握到跟小孩子對話的訣竅了。

那張小臉皺了皺，這個問題對她來說似乎有點難。她的貝齒咬著下唇，想了片刻，「他們很少喊我爹爹，通常連頭都不敢抬。但偶爾有客人來，會叫爹爹鬼主，他們會說，鬼主好。」

葉千秋如遭雷擊。眼前這花一樣的可愛小女娃，是那個神經病生的？

歹竹出好筍啊！

陰慕雪的話讓她清醒了一些。她莫名其妙被抓到這裡，雖然大家都說她總有一天將成疫鬼，卻沒人跟她說過，她成爲疫鬼之後要做什麼，又是爲了什麼。

眼前這小女娃雖然看起來才七、八歲，不過是個口齒伶俐的孩子，剛剛還承認自己是罪魁禍首。兇手在眼前還不問個清楚，葉千秋可沒這麼聖母。

因此，她打起精神問：「妳剛剛說，我會被關在這裡都是妳的錯，爲什麼這麼說？把我抓來這裡的人又不是妳。」

陰慕雪抿著嘴唇，又開始掉淚。「因爲這裡以前是我住的地方，妳來了，我就能走了，還能出去玩。爹爹說，妳是我的替死鬼，要接替我承受這一切，所以妳都是因爲我才會……」

她抽抽噎噎，但葉千秋聽得清楚。

只是她微微一愣，很多事情還是想不明白。她不懂那個神經病爲什麼會把自己的女兒養在這裡，他也是讓她這樣椎心地疼嗎？

可是陰慕雪看起來被照顧得極好，就算在這幽冥地府出生，她也能笑能哭，能有這麼豐富的情緒，就代表她沒受過什麼苦痛與磨難。

她還想再問，陰慕雪卻站了起來，一副志在必得的模樣，葉千秋心裡警鐘大響，「妳想做什麼？喂喂喂！退後！離我遠一點！」

「不行！」陰慕雪的神情執著又認眞，她挽起大紅的寬袖，露出白皙的手臂，「我要救妳！」

她說做就做，往前一踏，扎好馬步，小手用力一拽，葉千秋還不知道發生了什麼事就猛然疼得幾乎昏過去。

她在劇烈的疼痛中，只聽見耳邊有什麼東西嘩啦啦的響著，五臟六腑全都移位了。

她以為剛剛的疼已經能使人發狂，卻沒想到現在的痛幾乎能讓人瘋魔。

她身上紅光大放，照亮了整個地洞，也是這個時候，她才看見自己竟是被一條有成人大腿粗的鐵鍊牢牢鎖在地上。鐵鍊從她的背後穿過，直至胸前，她看著穿心而過的鍊條，幾乎說不出話來。

她不只是震驚得不知道該說什麼，也是疼得不知道能說什麼。

疼痛還在持續，隨著陰慕雪的扯動，葉千秋痛苦地尖叫，嚇得陰慕雪撒手丟下鐵鍊，彷彿做錯事般的看著她。

陰慕雪的眼淚掉得又凶又急，這個讓葉千秋疼得昏死過去又馬上醒來的元凶，只是不知所措地看著她。

葉千秋內心一瞬間升起強烈的殺意，身上紅光大盛，在她還沒來得及控制之前就化為一道刀光向前斬去，葉千秋跟陰慕雪同時驚叫出聲，紅光轉眼就要刺向陰慕雪。

但下一刻，紅光熄滅，葉千秋仰起頭，看到一雙腿站在自己面前。

那雙腿的主人彎下腰，抱起了陰慕雪。

「小雪團別哭，爹爹幫妳找新玩具，我們玩去。」

葉千秋看不見那張讓她恨得咬牙切齒的臉，只聽見那聲音萬般溫柔。

「我不要！我要救她，我就要她！什麼玩具都不要了！」

陰慕雪踢腿蹬腳，扯著喉嚨哭叫，鬼主卻連看一眼地上的葉千秋都沒有，就抱著寶貝女兒逕自往外走。

陰慕雪的哭鬧聲越來越遠，尖叫聲越來越模糊，葉千秋鬆了一口氣，隨即聽見一陣淒厲的慘叫聲。

她懵懵懂懂地往下瞧，胸口穿心而過的鐵鍊猛地膨脹，無數疫蟲從她身上穿出，一隻一隻的往外爬。

蟲子形態各異，落入地面，不知所蹤。葉千秋還沒來得及考慮噁不噁心的問題，就愕然發覺，原來那如此難聽的叫聲就是從自己嘴裡發出來的。

她疼得幾乎失去神智，只能徒勞地瘋狂大叫，一聲尖銳過一聲。疼痛如浪潮般襲來，她身上的每一吋都遭受鑽體之刑，血肉被蟲子咬碎，又在紅光中迅速癒合。

葉千秋被淹沒在蟲海裡，疼得腦中只餘下某人那桃花般的面容。

蘇輕，我錯了。原來疫鬼才不是什麼好差。

我錯了，早知道就讓你關在球裡扔著玩，也比關在這好。

我錯了，但是你已經不會來了……

❖

那天之後，陰慕雪還是隔三差五的來。

她每次來，下場都是被鬼主強行帶走，不管她怎麼哭、怎麼鬧，葉千秋都會聽見那溫柔得能掐出水來的聲音，毫不猶豫地拒絕陰慕雪想待在這裡的哀求。

葉千秋想不明白，為什麼神經病鬼主不乾脆把通往這裡的路堵死？

反正她也不需要人送飯、送水，她已經化爲疫鬼，龜息千年都沒有問題。

不過葉千秋倒是從陰慕雪堅持不懈、屢戰屢敗、再敗再戰的探監行動中，弄懂了自己這短暫又倒楣的一生是爲了什麼而開始，又將要爲了什麼而結束。

……雖然按照眼下情況來看，應該沒有結束的一天。

總之，葉千秋終於從她斷斷續續帶來的訊息中，歸納出了一個說法。

陰慕雪的母親據說是個大美人，不過這不是重點，重點是，她是個凡人。

冥界鬼主有次上人間溜達的時候，很老派的和這名女子戀愛了，也很老派的結婚生子，而鬼主不只是個神經病，還是個膽小鬼。

他從來沒對妻子坦白過自己的身分，也理所當然打好了霸占人家靈魂九百九十九年的主意。

不過算盤是人打的，未來是命運寫的。

產檢顯示陰慕雪一切正常，但天上地下都沒人想得到，陰慕雪竟然是個疫鬼，而不是正常人。

這要細說起來，就得提到人類的基因是如何的兼容並蓄了。

且不說眾生百樣都能夠與人類的基因牽扯上一點關係，天界、冥界與人界通婚產子的例子也屢見不鮮。人類是如此弱小，基因卻如此強大，不管是何方神聖，只要與人類通婚，女方幾乎都能誕下人子，因此沒人想得到，冥界鬼主的妻子會生下一個疫鬼。

因爲這樣，陰慕雪的娘華麗麗地難產了，甚至因爲誕下疫鬼的緣故，使得她自身魂魄受損過深，就算冥界鬼主傾盡全力，她還是在三日後魂死身滅，只留下稚兒。

葉千秋覺得，冥界鬼主約莫是從那時候起就瘋了。他上天下地的尋找方法，想讓自己跟愛妻的唯一後代擺脫疫鬼的宿命。說起來，疫鬼眞的是個爛差，還是天生地選的，完全沒得推托。

跟葉千秋這個後天製造的人工疫鬼不同，陰慕雪是渾然天成的。

葉千秋不知道爲什麼冥界鬼主會生下一個疫鬼，冥界鬼主自己也不知道。他只知道，自己的女兒每隔三天必定大痛一場，身上鑽出無數疫蟲，以調節世間之氣。

這世上什麼事情都是相對的，有黑、有白；有光、有暗；有出生、有死亡。出生是陰陽交合，自然不過，帶來新生命與希望，而疫蟲則是萬病之源，終結一切生命，帶來死亡與傷痛。

疫鬼可以說是以一人之力承載天下疫病之源，面對這樣的命運，就算冥界鬼主再怎麼耗費心力養護著陰慕雪，都無法讓她的疼痛減少半分。

但冥界鬼主是什麼人？

天、地、人三界鼎立，他一人就掌管著其中一界，他爲了自己的女兒，數百年來從未放棄。

他不斷奔走於三界之中，直到遇見一名高人。

這名高人來歷已不可考，卻坑殺了葉千秋與無數前任疫鬼的一生。要是知道他姓啥名啥，恐怕他的靈魂絕對會被疫鬼們拖出來凌遲。

這高人要冥界鬼主幫自己的女兒找個替死鬼，說冥界鬼主身上的鬼氣與凡胎結合時，就會誕下疫鬼。

天下只需要一個疫鬼，多了，世界自然會做出選擇。

因此，葉千秋跟無數的前任疫鬼，從廣義上來說都算是冥界鬼主的孩子，但同一個時間產下來的孩子都會有不同的命運了，葉千秋他們又如何能與冥界鬼主的寶貝女兒相比？

葉千秋等疫鬼生在人間，卻背負著冥界鬼主的鬼氣，成年之後成爲疫鬼，就會被冥界鬼主以千年寒鐵鍊鎖在這裡，代替陰慕雪接受疫鬼的命運。

也代替他女兒承受三日一痛的天罰。

只是，人工的總比不上天然的，天生的疫鬼有能力扛住天下疫病之源，而人工的只是仿造品，很快就會不堪用，得要不定期更換。

「妳是說，我不是第一個？」

葉千秋瞠目結舌，敢情那個神經病把這當成獻祭儀式了？

陰慕雪蹲在葉千秋身前，她每天都很認眞地突破自家爹爹設下的防線，來這裡探望葉千秋。只是她不知道，她父親對她的行爲其實也是睜一隻眼閉一隻眼，免得她哭鬧不休，惹人心煩。

「妳不是第一個，前面還有南風、灼灼、小蒼狼、袁聽，好多好多，我都記不清楚了。但妳別擔心，我會把你們的名字都寫下來，妳叫千秋對不對……」陰慕雪扳著手指數，一張小臉上滿是落寞。

葉千秋沒好氣的翻了個白眼，誰會在乎這種事情啊，她才不想被寫下來好嗎？她關心的是——

「他們……都去哪了?」

「都死了。」陰慕雪垂下眼簾,神情憂傷。「我每天都來看他們,帶好吃的給他們,還幫他們鋪床蓋被子,但他們還是都死了。」

葉千秋心底的最後一點希望熄了。

她看著胸口處的鐵鍊苦笑,無論如何忍著劇痛掙扎,她還是牢牢地被鎖在這個地洞裡,毫無脫逃的可能。

只是她原以爲既然疫鬼不老不死,自己總有一天能重獲自由,然而現在看來,在這種劇痛的折磨下,疫鬼也只是免洗筷罷了。

「妳放心,我不會讓妳死的!我這次一定會找到辦法!」陰慕雪站了起來,揮著小拳頭,目光灼灼,葉千秋立刻冒出一身冷汗。

「別別,妳別又來了!」

她忽然有種預感,那些前任、前前任、前前前任的疫鬼們,其實都是被這小傢伙的熱心害死的吧?

「可是妳好疼的……」陰慕雪抽抽鼻子,又想哭了。「我知道那種感覺,疼起來連爹爹哄我都沒有用,只想把所有看得到的東西都弄壞!」

葉千秋默然。她來到這裡已經不知道多久,唯有這三日一痛讓她能一次又一次刻下記號,勉強用以記日。

但這孩子打從出生開始就每三日一痛,逃不了、治不好,也難怪鬼主那個神經病如此喪心病狂。

冥界鬼主這等高高在上的存在，到底爲何會生下鬼見鬼嫌、神見神厭的疫鬼？疫鬼要背負全天下的疫病之源，走到哪晦氣就跟到哪，即便疫鬼本身沒有殺人之意，死在其手中的性命仍是數之不盡。

如果陰慕雪生性殘暴也就罷了，她想殺多少就能殺多少，三日一痛也只是增強她的能力罷了，但她偏偏是個善良可愛、開朗活潑，只是愛哭了些的小娃兒。

葉千秋每次看到她坐在自己面前掉眼淚，心裡都有種說不出的挫敗感。讓自己變成這樣的人是她，但現在唯一會爲自己哭的人也只有她了。

因爲這樣，在那雙踏著黑靴的長腿又站在面前的時候，葉千秋難得開口了。

她曾經發誓，再也不跟那個神經病說上任何一句話，因爲她如今唯一能擁有的，就只剩下自尊。

但陰慕雪是那麼的小、那麼的美好。只要能治好她的「病」，就算要冥界鬼主屠盡天下人，他可能也連眼睛都不會眨一下吧。

葉千秋覺得自己可以理解他的想法，所以她想問個清楚。

「你是爲了她嗎？你的女兒。」

沒有得到回應。鬼主又一次彎腰，抱起垂頭喪氣的陰慕雪向外走去。

「喂！我只問一個問題。」

葉千秋高聲喊著，那雙腿頓了一頓，轉了過來，腳尖對著她。

「說。」

「前幾任疫鬼都是怎麼死的？」

「……疼死的。」

還眞是個好答案。葉千秋默默想著。

「那我還有多久？拜託，再回答我一個問題也不爲過吧？我知道我剛剛說過只問一個問題，但我都被鎖在這裡當你那寶貝女兒的替死鬼了！」

即使葉千秋並不恨陰慕雪，也無法控制自己不說這樣尖銳的話。她聽見陰慕雪的哭聲了，可她不想日日被這種疼痛折磨，連自己什麼時候能解脫都不知道。

「你們都只是螻蟻，跟慕雪的命不能相提並論。」冥界鬼主聲音低沉。

他轉身踏上階梯離開，臨走前只丟下一句話。

「妳是歷任疫鬼裡面最晚成熟的，也是能力最好的，不過最多也就二十年吧？誰知道呢。」

他自顧自地往外走，沒再理會葉千秋，也不管女兒抽抽噎噎地哭著，揮手就設下禁制，阻斷這裡通往外界的路。

女兒一日又一日的來探望疫鬼，不是什麼好事情。她現在還小，無能爲力，但她總有一天會長大。以她那性子，哪天放走了疫鬼都不奇怪。

她想哭就哭個夠吧！哭久了，總會忘記的。

疫鬼來來去去，後面還有很多備用的，葉千秋不是唯一，他女兒的保命符當然不能只有一個。

葉千秋不知道自己在冥界鬼主眼中已經如同死人，也不知道從今天之後，她會有好一段時間看不到那張甜甜軟軟的笑臉，那是這座地獄中唯一的光亮。

葉千秋低下頭，眉心貼在冰冷的石板地上，鐵鍊穿心，傳來陣陣的疼。

不過，她現在知道，這一切都不算什麼，每三日一痛才叫人寧願一頭撞死……

第二章

聽著遠處傳來的小碎步足音，葉千秋有些驚訝。自從那天被冥界鬼主帶走之後，陰慕雪就沒有來探望過她了，葉千秋想，約莫是鬼主把地洞封了起來，讓那個小傢伙不得其門而入。

但沒想到陰慕雪這麼堅持，還是又來了，難道是突破冥界鬼主的禁制了？

她仰起頭，看著那道小小的身影飛奔而來，莫名有些感動。也只有她會來看自己了。

想到這裡，葉千秋又撇撇嘴。可要不是因爲陰慕雪，自己也不會被她那神經病老爸綁來這裡。

「千秋！」

那雙小腳站定在葉千秋面前，陰慕雪蹲了下來，側著小臉看她，神情喜孜孜的，一副求表揚的模樣。

葉千秋懶洋洋地抬頭，她昨夜才從那三日一痛的折磨中緩過來，現在疼的日子多了，她也逐漸習慣了，雖然一疼起來仍是鑽心的痛楚，但人總是一種堅強的生物。

葉千秋現在的興趣是觀察那些從自己體內鑽出來的疫蟲，疫蟲形態各異，有些甚至還挺美的。

她更試著控制牠們，不得不說，牠們還挺聽話的，要牠們往東就絕不會往西。只是葉千秋在大痛之中，就算能分神控制牠們也只能操控個幾分鐘，往往才讓蟲子跳個八字舞，就又疼得失去神智。

「幹什麼妳？你爹不是不讓妳來了？」

看著陰慕雪一臉期盼的樣子，葉千秋還是忍不住開口。

誰叫她對小孩實在沒有抵抗力？而且關在這裡不知年月，有個人可以說說話也是不錯的。

「妳怎麼知道？」

陰慕雪一雙眼睛瞪得圓圓的，感到很不可思議。

葉千秋忍不住翻了個白眼，「妳以前天天來，這次卻隔了好一陣子才來，要不是這裡被妳爹封了，就是妳被你爹關起來了。」

這孩子的邏輯肯定不好。葉千秋心想。

「我爹才捨不得關我。」陰慕雪嘟著小嘴，伸出手摸摸葉千秋的臉，稚氣的臉龐上流露出不捨的神情。「千秋，妳又瘦了，我帶來的包子妳都沒吃。」

小爪子控訴似的指著堆在角落的包子。

「嗯哼。」葉千秋不置可否。成爲疫鬼之後，也不知道是因爲體質改變了，還是疼痛的感覺已經完全蓋過其他感受，她從來不曾覺得飢餓或者口渴，只有無止盡的疼痛伴隨著她。

但這些跟陰慕雪說了也沒用，只會讓她又哭成一顆濕包子而已。

「不過沒關係。」陰慕雪忽然綻放出一個大大的笑容，葉千秋心中立刻警鐘大響，不等她開口，陰慕雪就小心翼翼從胸前的衣服內裡掏出一支銀色鑰匙。「千秋，妳看，我拿到了什麼？」

葉千秋一看之下，被洞穿的心臟立刻一陣緊縮。

她曾藉著自身散發出的紅色光芒仔細觀察過這條困住自己的鐵鍊，鐵鍊一端固定在地道上方，鍊子則穿入她的後背，再從心口處穿出，牢牢地鎖在地面上。

既然有鎖，就有鎖頭，葉千秋日夜都看著那個鎖頭，只是無論她怎麼扒抓、啃咬，以千年寒鐵鑄成的鎖頭都沒有一點損傷。

陰慕雪手上的那支鑰匙，該不會就是這個鎖頭的鑰匙吧？

葉千秋的聲音都不穩了。

「妳、從哪裡拿來的？」

陰慕雪頓時有些惶恐起來，但她很快挺了挺胸，老實交代，「從我爹爹那裡偷來的！」

在她心中，她現在跟葉千秋是隊友，而隊友是不會出賣彼此的。只是就算葉千秋不出賣她，恐怕冥界鬼主醒來還是會把她的小屁股打扁。

「妳……」

葉千秋心裡充斥著難以言說的微妙滋味，「妳是怎麼做到的？難道不怕妳爹生氣嗎？」

「怕啊！」陰慕雪老實地點頭。「但我說過要救妳的，都已經有好多人死掉了。」

她神情惆悵。「我不想害死你們，而且妳是第一個沒有對我生氣的……」

葉千秋有些愣然，可是細想之下便明白了。

莫名其妙被迫接受這種命運，還被抓到這裡接受永無止盡的疼痛，一般人要是知道罪魁禍首就是眼前的小女孩，恐怕都會恨不得撲上去咬死陰慕雪。

葉千秋也不是不恨，只是冤有頭、債有主，她自認這點智商她還是有的。

「那妳……試試吧？」

葉千秋咬著下唇，艱難地爬起來，每動一下，心口都傳來撕裂般的疼痛。但眼前有希望，再艱苦她也得爬。

她終於半跪坐起來，臉上雖然平靜無波，眼底的光亮卻洩漏了心底的期盼。

她不是爲了自己，她只是想回去看一眼蘇輕，看他是生是死，就這樣而已。

在這段日子裡，葉千秋的腦海裡只有這個念頭。她明明親眼目睹那隻小狐狸在自己面前受到剝皮之刑，渾身沒一處完好，連大氣都喘不了一口，但她還是想看看，想再摸一次蘇輕。

葉千秋期盼地望著陰慕雪。

陰慕雪立刻向前爬，在葉千秋面前半蹲下來，把那支銀色鑰匙插進鎖頭中。

清脆的喀嚓聲傳入耳中，看著鎖頭應聲而開，粗大的鐵鍊從地面上脫落，兩人幾乎尖叫出聲。但解開鎖只是第一步，接下來還得把鐵鍊從葉千秋的身體裡拉出來。

「一、二、三！」

陰慕雪大叫一聲，拽著比她手臂還粗的鐵鍊向後跑，葉千秋疼得幾乎趴下去了，依然死命咬牙跟陰慕雪的力道抗衡。

這是她重獲自由的唯一希望！

葉千秋喘著粗氣，胸前已是一片血肉模糊，本來被鐵鍊穿出的傷口都已經癒合，現在這樣被扯動，她的胸前瞬間又是鮮血淋漓。她疼得險些暈死過去，只能慶幸要是沒有那三日一痛，她恐怕連一秒鐘都無法忍受。

也虧陰慕雪下得了手，她的小臉上雖然滿是驚懼，不過要救葉千秋離開的決心是一點也不假。

她拚命拽著鐵鍊向後跑，鐵鍊嘩啦啦的盤繞了一地，幾乎昏厥過去的葉千秋終於從束縛中解脫。

「千秋……」陰慕雪臉色慘白，彷彿下一秒就能哭出來。

葉千秋倒是笑了，眞心誠意地抱著陰慕雪。不管那個神經病對自己做過什麼，葉千秋知道自己這輩子都不會把這份仇恨算到陰慕雪頭上。

「妳哭什麼？我這裡破個洞都沒哭了，羞羞臉。」

葉千秋甚至還有心情打趣，指著自己胸前汩汩流著鮮血的大洞。幸好她現在是疫鬼，傷口才能以肉眼可見的速度飛快癒合。

聽到葉千秋的話，陰慕雪哇的一聲哭出來，她伸出小手撫摸著葉千秋的胸口，「一定很痛吧？都是我、都是因爲我……」

「小傻瓜。」葉千秋伸手拍拍陰慕雪的頭頂。「我們走吧？要是被妳爹發現就功虧一簣了。」

陰慕雪吸吸鼻子，似乎不太好意思。「千秋，妳放心，我爹爹一時半刻醒不來的。」

我算過了，他至少得睡上一天！」

「睡上一天？」葉千秋驚訝了。「妳對妳爹做了什麼？」

陰慕雪羞澀地扭動著。「不能說，是祕密。」

「嗯？眞的不說？」

葉千秋伸出手用力掐住陰慕雪那張肉餅般的小臉，她從好久以前就想這麼做了。

「好痛好痛！好啦，我說啦！」陰慕雪扭扭捏捏地從袖口掏出一隻金黃色的蛾，「妳看，這是我的皇蛾。妳別摸，有毒的喔！」

葉千秋先是愣了一下，接著恍然大悟。

也是，人家是正牌疫鬼，身上養著疫蟲也不是什麼奇怪的事。

但是——「妳對妳爹下毒？」

陰慕雪不好意思地點點頭。「嗯，皇蛾的毒性很強，一般人沾上一點粉就會昏睡大半天，我在我爹爹的茶裡面足足下了一大湯匙，所以他至少得睡上一天！」

葉千秋無語了。有這種不可靠的孩子，還眞是冥界鬼主的報應。她就不怕把自己親爹毒死嗎？

不過那傢伙是三界之主，想必沒這麼容易死，只是醒來之後，臉上的表情大概會很精彩。

心不在焉的葉千秋被陰慕雪扶著走出去，她想的沒錯，冥界鬼主的確對這裡下了禁制，但是他太小看自己的女兒了。陰慕雪操縱著數以百計的疫蟲囓咬他設下的禁制，原先銅牆鐵壁般的禁制，如今已是千瘡百孔。

葉千秋跟陰慕雪小心地從一個較大的洞中鑽出去，跟著她在冥界裡九彎十八拐。冥界風光倒是不錯，雖然陰森，但有種別樣的美。

尤其是看著開滿了整個河岸的曼珠沙華，葉千秋眞心覺得這裡肯定能夠榮登世界十大觀光景點之一。可惜沒相機，不然可以拍回去給蘇輕看看。

她們很快抵達冥界之河，陰慕雪明顯緊張了起來。她拽著葉千秋的手，手心都是汗，東張西望的，似乎在找著什麼。

「怎麼了？」

葉千秋撫著胸口，開口問。她現在極度虛弱，雖然身上的傷以極快的速度癒合著，但她久未進食，又被以千年寒鐵禁錮數月，現在光是站著都要耗盡她的力氣。

陰慕雪只是搖頭，神情焦急，兀自喃喃念著：「他說他會來的，他說會來的！」

「誰？」葉千秋皺起眉頭。在這裡，她只信任陰慕雪一個人。

「擺渡人。」陰慕雪踮起腳尖眺望，這條河深且寬，河面上空一年四季都吹著不息的強勁陰風，還瀰漫著終年不散的迷霧，要是沒有擺渡人，她們根本無法渡河，自然也無法回到現世。

一聽到這人的名號，葉千秋默然了。既然陰慕雪在等擺渡人，那就表示這條河並不是她們能夠以一己之力橫渡的，再說，葉千秋也不覺得自己現在有餘力能一股作氣游到對岸。

「等吧。」她牽著陰慕雪的手，無論情況有多急迫，眼前她只能信任陰慕雪。

「但這裡有士兵巡邏，如果被他們發現了，就算爹爹還沒醒來，我們也逃不出去……」陰慕雪急得直跳腳，不斷往河面張望，要不是葉千秋拉著她，她恐怕早已噗通一聲跳進去了。

「別急，妳跟他約好了，不是嗎？他會來的。」

葉千秋也不知道這話是用來安慰陰慕雪，還是安慰自己。

不過她今天似乎很強運，話音才剛落，河面上就緩緩浮現一艘大船，由遠方駛近。大船富麗堂皇，簡直稱得上金碧輝煌，葉千秋瞪大眼睛，覺得這手筆也太大了。她看著船緩緩靠岸，放下棧板，一名披著寬鬆袍子的男子似笑非笑的走下來。

「恭迎雪公主殿下。」

他面如冠玉，眼瞳清冷如星，長髮簡單束了起來，態度溫和有禮，臉上笑意盈然，但不知道為什麼，葉千秋卻打了個冷顫。她拉住急不可耐的陰慕雪，「他就是妳說的擺渡人？可這船不像是要回到陽世，反而像是要前往西方極樂世界啊！」

「西方極樂世界？冥河不通那裡，去不了的啊！」

陰慕雪不懂葉千秋在說什麼，逕自用力拽著葉千秋的手往船上走。她只知道，不搭擺渡人的船，她們過不了冥河，也就到不了現世。

葉千秋嘆口氣，好吧，她都身在冥界之中了，還有什麼好怕的？她甩甩頭，一頭黑色長髮曳地，義無反顧地往前走，踏上這艘閃閃發亮的金色寶船。

「容謙，你真的來了，我好高興喔！」

一上船，陰慕雪就拉著那名男子的手，高興得蹦蹦跳跳。她嘟著小嘴，「我還以為你不肯幫我，你那時候不是說，你是我爹的部下，不可以做違背他心意的事情嗎？」

「可我也捨不得違背公主妳的心意啊。」

擺渡人容謙抱起了陰慕雪，疼愛地捏著她的小臉。「要是我不來，妳說不定會想出什麼餿主意，連帶著人跳冥河都有可能。」

他看向葉千秋，顯然意有所指，葉千秋立刻察覺到有危險。但人在屋簷下，不得不低頭，她還在人家的船上呢！要是不安分一點，說不定會被扔下船去。冥河幽深不見底，要是說裡面沒養怪物，葉千秋第一個不信。

思量半晌，最後她僵硬地向容謙點了點頭，權當打了招呼。

容謙大大方方地回了禮，還跟她說了話。

「這倒是我第一次看到活著的疫鬼。」他看著滾滾翻湧的河水，伸出修長的手指指著河中，「疫鬼的肉可好吃了，我們家大寶很愛的。」

葉千秋不動聲色地退了一步，「容先生說笑了。」

容謙這下眞的笑出來了。「雖然公主喚我容謙，但我並不姓容。」

說是這樣說，他也沒有自報姓名的意思。

葉千秋見來者不善，乾脆也豁出去了。「我們萍水相逢，使用代稱即可，你姓什麼與我無干。」

對方只喚她疫鬼，既不問她姓名，也不問如何稱呼。葉千秋終於知道，爲什麼她不喜歡眼前這個男人，因爲這男人根本沒把自己當成人看待。

容謙也不生氣，他微微一笑，拱手，「這回的疫鬼很有趣。」

葉千秋垂下眼簾，拚命地要自己別生氣，沉默不語，不再回應容謙。

陰慕雪年紀小，就算再怎麼早熟，也聽不懂這兩個傢伙對話中的綿裡藏針，她只知道容謙不喜歡千秋，而千秋也不喜歡容謙。

她的視線往左邊轉了轉，又往右邊轉了轉，見兩個人都不說話，很乖覺地開口了。「容謙，還有多久才會到？」

她雖然離開過冥界，可次數並不多，以前也都是跟著自己的父親離開，從未像現在這樣。即使她哀求容謙幫忙，但接下來還有好長一段黃泉路，那裡才是最難通過的地方。

容謙微微一笑，「快到了。」

他拿起桌上的杯子，輕輕啜飲一口，「下一個疫鬼才剛滿十歲，妳擅自放她走，鬼主會很生氣的。」

陰慕雪咬住下唇，可憐兮兮，「我知道，爹爹一定會氣得好久好久不跟我說話。可是你看千秋，她好可憐，我不想讓千秋被爹爹關著。你知道嗎？她被關在北山的……」

「我不想知道這個。」容謙阻止陰慕雪繼續說下去，擺擺手，「我只想問公主，妳不後悔嗎？三日一痛，誰也幫不了妳。」

他若有所思的看著葉千秋，於是葉千秋明白了，這傢伙並不想讓自己走。他終歸是冥界的人，爲了冥界的公主打算非常合理。

陰慕雪卻堅決地搖頭。

「我會習慣的。」她伸出指尖，柔嫩的指腹立刻裂開一道口子，一隻紅色蜈蚣從裡面竄出來，咬著自己的尾巴纏在她的手腕上，像一只鮮紅的手鐲。

她的指尖不斷滴著鮮血，臉上的神情絲毫未變，「你看，一點都不痛，沒有其他疫鬼代替我的時候，我也是這樣過的，我會越來越習慣，我眞的不想再看到任何人死在那裡了……」

容謙跟葉千秋同時沉默了，兩個人都在彼此眼中看到了勢在必得，雖然他們的目標不同。

船輕輕靠岸。

容謙再度放下棧板，「公主，請。」

葉千秋什麼都沒說，只是跟在陰慕雪身後，岸邊的曼珠沙華依舊茂盛，大紅色的開了一路。

陰慕雪走在前面，他們已經走了大半路，她看著遠方的黃泉路盡頭，心想不管怎麼樣，她都要把葉千秋送走。

雖然她扳著手指頭數那些疫鬼的姓名，如數家珍，但其實葉千秋是第一個肯跟她說話的人。

她是第一個沒說要殺了她的人。

她是第一個叫她別再來，也是第一個叫她別哭了的人。

她說什麼都會讓葉千秋從這裡離開，葉千秋不該因爲她而被困在這裡，一天一天、一點一滴的慢慢死去。

所以，看著從曼珠沙華的大紅花底下出現的冥界軍團，陰慕雪咬著下唇，揮手要葉千秋退後。

她看也不看身後的容謙，只是輕輕開口，「容謙，我討厭你了。」

容謙還是笑，「公主，我不能違背妳的心意，但也不能違背鬼主的意思。」

「我爹知道了？」

「不。但他曾說，妳若想帶著疫鬼逃走，那麼傾盡全冥界之力也要阻止妳。」

「退下吧。」

陰慕雪說完，閉上眼睛，仰天尖叫，發出淒厲的悲鳴聲。漆黑的指甲瞬間從她柔嫩的指尖竄出，她身上可愛的紅色裙裝應聲碎裂。

她半跪半站，白皙皮膚生出灰黑色的皮層，雙眼通紅。她不再是人形，雙手雙腳都呈現爪狀，以妖物的姿態慢慢重新站起來。

她輕輕開口，聲音粗啞難聽。

「千秋，我會保護妳。」

❖

原來這才是疫鬼眞正的模樣。

葉千秋幾乎是恐懼地看著戰場，遍地都是蟲屍，各色汁液與士兵的血肉混在一起，陰慕雪的指尖劃過，黑色的疫病之氣如煙般穿梭，明明是那麼醜陋的姿態，卻輕盈如風，一點餘地都沒有留給對手。

只是，她在哭。

葉千秋的心臟感到劇烈的疼痛，陰慕雪在哭，她在戰鬥，卻也在哭泣。她迎向不斷湧上的士兵，收割了無數生命，割碎他們的魂魄、斷絕他們轉生的希望，但她微微發著抖，一眼都沒有望向葉千秋。

葉千秋無數次想衝上前去阻止陰慕雪，然而容謙拉住了她。

「她要是不成長起來，還會有成千上萬的妳。」

葉千秋不確定容謙的意思，但她看著陰慕雪迎風落淚的模樣，終究沒有走上前去。或許她該信任陰慕雪，而且其實她也不知道自己能幫上什麼忙，現在的她比一隻螻蟻還要不如。

時間一分一秒流逝，饒是一向自認耐性極佳的葉千秋，也覺得這場戰鬥十分漫長。冥界士兵如潮水般不斷湧出，眞的如同容謙所說，傾盡全冥界之力也要留下她。

葉千秋心急如焚，她不住地向陰慕雪那裡張望，疫氣如煙般飄散，冥土焦黑，遍地都是火光，她得緊緊掐著自己的手心，才能克制自己不要往前走去。

或許是因爲先天的疫鬼眞的太強大，戰場上的士兵終於開始減少，從萬至千、從千至百，葉千秋忍不住面露喜色，按捺不住地想衝向陰慕雪。

但她才剛抬步，手臂就被一把抓住，當來人從後方靠近她的時候，她就察覺到不對，可是對方動作很快，她幾乎只能勉強回頭，看見一個纖瘦的冥界士兵緊緊抓住她的手。

葉千秋還來不及反應，遠處的陰慕雪已經發現，她疾步如風，迅速地奔向葉千秋，手上利爪如刀，狠狠劃向這名士兵的喉間。

士兵拽著葉千秋往後退了一步，堪堪避過。

此時陰慕雪已經陷入狂暴狀態，她見這個不長眼的小兵竟然膽敢偷襲葉千秋，立刻被激怒了。她拚死也要保護的葉千秋，絕對不准其他人奪走！

她的速度又立刻提升了一個等級，全身疫氣大張，無數飛蟲從體內鑽出，像黑霧一樣撲向這名士兵。

但這名士兵的步法很快，面對張揚著狂暴殺氣的陰慕雪，他連眼睛眨都沒眨一下，只是把葉千秋拉向自己懷裡，緊緊抱著。

葉千秋落入他的懷抱，忍不住一怔，接著眼眶一熱，什麼話都說不出來。

士兵身形鬼魅，輕飄飄地閃過陰慕雪一次又一次的攻擊，他完全沒有回擊，只是緊緊抱著葉千秋，滾燙的淚水一滴滴落在葉千秋的後頸上。

葉千秋猛地掙脫他的懷抱，張開雙手站定在這名小兵身前，她幾乎不敢相信自己說出來的話。

「慕雪，停手！這是我的蘇輕，我的蘇輕……」

身後的人緊緊握著她的手，兩人的手掌之間連一絲空隙都沒有。

陰慕雪雖然殺性大起，但看葉千秋如此保護這個士兵，她還是猶豫地停了下來，利爪滾著如墨的黑氣。

葉千秋回頭，那名士兵呆板的臉龐上終於有了一絲笑意，他輕聲開口：「葉千秋，我來履行承諾了。」

葉千秋也笑了，頰邊滾著淚，「你是腦子壞了嗎？都死了一次還不怕。」

「要是沒有妳，我活著也像死了。」

士兵一抹臉，一張如沐春風的桃花臉緩緩浮現，他極其專注地看著葉千秋，「妳過得好不好？」

葉千秋不知道自己該搖頭還是點頭。

她還能看到蘇輕，已經過得太好。

但她又做錯了什麼，得看著蘇輕一次次死去？

想到這裡，她立刻焦急地看向陰慕雪，「帶我們走！」

陰慕雪點點頭，她看到蘇輕的容貌了，她想，整個冥界中也沒有一個這麼好看的男人，他一定是千秋的好朋友，才會不辭千里來到這裡。

她的身軀緩緩縮小，恢復成人形。冥界大軍幾乎被她屠盡，她知道爹爹醒來肯定會很生氣，可是她沒得選擇，她必須帶葉千秋回現世。

陰慕雪向前一步，剛想開口，腦後卻突然一痛。她驚愕地回頭，只來得及看見容謙那如玉的臉龐，他的長髮迎風飄散，聲音也在她的意識裡飄散。

「公主殿下，對不起。但鬼主說過，不能讓妳離開這裡。」

冥界的冥河擺渡人，據說武力僅次於鬼主的容謙，終於還是出手了，他眉頭緊皺，看起來有些掙扎。他彎身抱起陰慕雪，將她牢牢地呵護在自己的懷中，一眼都沒瞧過葉千秋跟蘇輕，將昏迷的陰慕雪安頓好後，才退後一步，微微低下頭。

「恭迎鬼主。」

不知何時現身的鬼主睇了容謙一眼，什麼都沒說，只是揮袖讓他帶走陰慕雪。

他雙手攏在袖子裡，看著葉千秋沉聲開口：「看在我女兒的分上，我讓他走。」

對鬼主來說，這真的是他幾千年以來的第一次讓步。其實他得感謝葉千秋，要不然陰慕雪也不會有機會成長，身為冥界接班人卻連殺生都不敢，成何體統？

陰慕雪貌似小兒，可事實上已經兩百多歲了。她不敢殺生、不敢長大，永遠都是處於幼兒期的疫鬼。

今日一戰血流成河，遍地鮮血染紅了整個河岸，連曼珠沙華都為之失色。

鬼主卻不為自己失去的士兵難過，只為自己的女兒終於大開殺戒而欣喜。

然而他的首次退讓，換來蘇輕的大步向前。他擋在葉千秋身前，是什麼意思不言而喻。

冥界鬼主憤怒了，他抬起眉頭，終於看向蘇輕。「我能殺你第一次，就能殺你第二次。你跟我交手兩次，從未有過一分勝算，即便如此，你也要送死嗎？」

他全身神威大漲，逼得蘇輕幾乎跪了下去，兩人的差距不只一點半點，但蘇輕說什麼都不退。他站在葉千秋身前硬撐著，臉上立刻出現了絲絲血痕。

他頂著千鈞壓力再度往前一步，「放過葉千秋，不然還有會第三次、第四次，我永遠不會放棄。我是九尾天狐，你沒把我挫骨揚灰，我就會繼續糾纏。」

冥界鬼主笑了，笑得十分惡意。

「你這話倒是提醒我了。」

他往前一步，狠狠一劈，凌厲的掌風幾乎已至蘇輕面前。挫骨揚灰是吧？他要把這隻小狐狸全拆了再磨碎成粉，也不是什麼困難的事情！

蘇輕不閃不躲，全身金光大盛，噹啷一聲，以蘇輕爲圓心，周圍的塵土劇烈飛揚，地面上出現了一個大圓。蘇輕沒退，鬼主也沒退，兩人身上都泛起金光。

鬼主迅速出掌，在幾秒鐘內不停地往蘇輕身上打，蘇輕則像個被操縱的布偶般，不斷靈活地移形換位。

冥界鬼主皺起眉頭，這種不妙的感覺是怎麼一回事？他再度出掌，又被金光擋了回來，一道他最不想聽見的聲音輕快地響起。

「你這是待客之道嗎？我難得來一趟你家，沒給杯茶水就算了，還搞得客人灰頭土臉，嘖嘖嘖，太讓人心寒了吧？」

冥界鬼主立刻覺得自己不好了，他恨恨向後退。呸！

他最討厭這些天界的傢伙，噁心巴拉，滿口仁義道德，當年他帶著女兒上天求醫，那些傢伙嘴裡翻來覆去就只有一句：生死有命。

狗屁的生死有命！

他可是冥界鬼主，怎麼可能眼睜睜看著自己的女兒每三日大痛一場？陰慕雪性格嬌軟，就算眞正長成疫鬼也無法縱橫天下，但不長成疫鬼，她又會時時被疫病之氣反噬，終有一天會消弭於天地間，這是逼他走上絕路！

「你來做什麼？」冥界鬼主厲聲說。

那道聲音的主人正是天界的掌管者，雖然他一直沒有正式替自己冊封什麼頭銜，但天界的事情一向以他馬首是瞻。

他們在自己的地界裡面幾乎擁有絕對的決定權，但在其他地界則完全沒有發話的餘地，也都因爲自身力量太過強大而不得擅入人界，只能以影身降臨。

但現在，這個跟他不對盤千百年的傢伙卻親自登門了。

即使只是一抹神識，也足夠讓冥界鬼主覺得噁心。

「唉呀，別這麼說嘛！我倆認識這麼多年了，從未互相拜訪，你不覺得你這樣很傷人嗎？來來，聽說現在是曼珠沙華的花季，帶我走走看看吧？」

「冥界的曼珠沙華一年四季都盛開。」冥界鬼主冷哼一聲，瞪著蘇輕，更正確的說是瞪著在蘇輕體內藏著的仙人，「你想看？好啊，我割下你的腦袋帶你去看，我會親自捧著你的！」

冥界鬼主的話毫不客氣，他才懶得跟這傢伙繞圈子。

他殺意大盛，憑空幻化出一把環首刀，遠遠一揮，一道刀氣直朝蘇輕而去，蘇輕聽見自己肩膀上的聲音驚呼一聲。

「唉呀！這老傢伙來眞的了！」

他抬手，一把拂塵落入手中，接著一揮，一道燦爛的光芒迅速裹住冥界鬼主的刀氣，消弭於無形。

蘇輕看著自己的身體不由自主地動起來，心裡有種說不出的怪異感，但這還是他第一次在冥界鬼主面前能有一敵之力，於是便放任仙人掌控自己的身體了。

在蘇輕肩膀上的仙人嘿嘿一笑，「你這小子還算聰明，我就幫你一把。」

「你爲什麼要幫我？」

蘇輕看著自己的身體不斷閃躲，間或揮動手上的拂塵，給冥界鬼主製造一點麻煩，又或者上跳下竄地閃避鬼主的刀氣。

鬼主手上環首刀的刀柄與刀刃呈一直線，整把刀約莫成年男子的手臂長而已，但鬼主每一次揮動都能掀起巨大的波瀾。

「爲什麼啊？」仙人的聲音帶著點玩味。「蘇輕，你知道嗎？你一直覺得自己是顆棋子，可是你與我其實沒有任何差別，我們都是應運而生，聽命而行。」

仙人的話玄之又玄，蘇輕根本沒聽懂。

「但你關了我上千年，還要我殺了葉千秋。」

「你沒殺她呀，還想救她。」仙人的聲音有些笑意，「或許，我只是想知道我們可以違抗命運到什麼程度。你注定成魔，我就要阻攔你，即使你還是成了魔，我也想讓你活得適得其所。」

蘇輕一瞬間不知道該說什麼，便閉上眼睛想著葉千秋，想著她就在自己後方。什麼命運、什麼注定，他只想與葉千秋一天就是永遠。

仙人與鬼主打得轟轟烈烈，冥界鬼主本就是不管不顧的個性，他極恨天界，巴不得天界的人全死光了，因此也不在乎這樣大動干戈之下，冥界會成什麼模樣。這裡是他的土地，他要揉爛了每一寸也是他的事情。

他打得毫無顧忌，仙人也只能打起十二萬分精神應對，他可不想出師未捷身先死，第一次順從自己的心意行事就被這死敵斬殺在冥界。雖然只是一抹神識，但拔根毛都會痛了，更何況是神識消亡。

他們在冥河旁交手，刀氣與拂塵的光芒幾乎改變了整條河流的走向，冥河的水受到法力的刺激，一瞬間大漲，往岸上漫去，淹沒了數以萬計的魂魄，一時之間，冥界中悲鳴不斷。

冥界鬼主甚至一刀砍到了人間的天柱、冥界最高的山不周山，引得無數冥獸四散逃竄，人間因此地震連連，災害不斷。仙人唉呀一聲，他知道要糟糕了。

「停！停！停戰啦！喂！你瘋了嗎？」

奈何，冥界鬼主這次是眞的被氣瘋了，葉千秋是最好的疫鬼替代品，可以保險慕雪在二十年以內不受疫病之氣侵襲，然而仙人卻一再阻撓，還讓他屢次入人界奔波，只爲了尋找失蹤的預備疫鬼。

他也知道自己做過頭了，無奈心中怒氣太熾烈，逼得他不能不發洩出來。他狠狠砍上黃泉路，看著無數幽魂落入冥河、落入深淵，仍難以平復心中怨恨。

黃泉路斷、不周山半毀、冥河改道，冥界一時之間面目全非。

仙人瞠目結舌，雖然這裡面有一成……好吧，三成，是他要負責，可是他從沒想過要把人家家裡毀成這樣啊！

完蛋了，仇上加仇，這傢伙以後看到自己恐怕都沒好臉色了。

仙人心裡暗暗喊糟，他揉揉鼻子，蘇輕跟著打了個噴嚏。

「蘇輕啊，待會我喊三、二、一，我們就快跑，你配合我，記得抓好你家葉千秋，準備開溜！」

蘇輕不明所以，看著遠處喘著粗氣，大有不分個你死我活不肯罷休的冥界鬼主。

「怎麼了？你怕他？」

「怕個毛線。」仙人訕訕笑著，「但待會要是跑得慢一點，我們都得倒大楣了。我現在沒時間跟你解釋，你聽我喊。三！二！一！」

仙人大喊出聲，蘇輕的身體跟著一轉，他趕緊伸手一抓葉千秋，緊緊握住她的手腕，腳下跑得飛快，仙人甚至用上仙氣，讓蘇輕一步千里地跑。

跑著跑著，蘇輕覺得奇怪了，他們似乎在原地踏步，有種小老鼠在跑滾輪的感覺，「喂，你有沒有覺得哪裡怪怪的？」

「還用你說？別跑了，孫悟空當年翻了十萬八千里都翻不出如來佛的手掌心，你現在跑到斷氣也沒用。」仙人似乎快哭出來了，他的神識自暴自棄地轉身，看著自己的千年死對頭被拎到半空中，正不斷掙扎。

半空中懸浮著一隻極大的眼睛，眼珠子渾圓飽滿，從不同的方向望去竟折射出不同的顏色，眼角微微上揚，不怒自威。

眼睛的視線掃向了蘇輕與葉千秋，只是輕輕眨了一下，蘇輕便覺得對方彷彿什麼都知道。他忍不住跪下去，露出巨大的狐狸原形，通體漆黑如墨，九尾同時貼地，趴伏在地面上。

這與鬼主及仙人的神威不同，這是一種被天地萬物同時注視的感覺。

就連仙人也立刻讓自己的神識幻化成影身，從蘇輕的身上滾出來。他以頭叩地，大氣都不敢喘一下，只是當他聽見身後冥河中不斷傳來哭喊聲時，覺得這次眞的是大大不妙了。

唉，人贓俱獲，當場斬頭，他連自己的下場都想好了。

「嗯？」

那眼睛發出了聲音，輕輕的一聲，卻令冥主與仙人同時顫慄。

「你們倆的膽子養肥了？」

那隻眼睛又眨了一下，蘇輕跟葉千秋跪著，什麼話都說不出來。只是一隻眼睛，更別說看見神情或者姿態，但他們卻知道，眼睛發怒了，並且十分生氣。

「我把兩界交給你們之前，說過什麼？嗯？」

眼睛慢悠悠地繼續說。

鬼主跟仙人深深趴伏，連抬頭都不敢。他們的能力再大，也比不過眼前這世界法則的化身，他就是這個世界運行的規則，要把他們兩個排除不過是眨一眨眼的事情。

「我說，三界循環相生、死生不息，你們雖貴爲管理者，但也是三界的一環。你們要是輕舉妄動，輕則牽一髮動全身，重則三界傾頹，再也不存。」

眼睛慢慢地、一個字一個字地，替他們溫習當初交予管理權時所說的話。

兩個闖了大禍的傢伙沉默了好半晌，仙人終於顫抖著抬起頭來。這話越說越重，他要是再不替自己辯駁一下，眞的得灰飛煙滅了。

他小心翼翼地舉起手，「法則大人，其實狀況看起來糟糕，倒也沒那麼嚴重，我們修修，修修就好了嘛！」

他不敢卸責，也不敢提這是誰的錯，雖然要不是鬼主一天到晚在人間亂養疫鬼，他也不會放任蘇輕親自冥界來討個明白。

但在絕對的存在與絕對的能力面前，說什麼推卸責任的話都是自尋死路，不如安安分分地認錯。反正他是天界的掌管者，拍拍屁股就能走了，大不了貢獻一點法力修修橋、治治水。

只是，仙人還是想得簡單了。

他跟鬼主打這一架，三界消亡的人魂與亡靈不知凡幾，就連天界也是一片狼藉，仙獸們死了好幾千隻的幼崽、破了幾萬顆的蛋，各族之間煙硝四起，都以爲是被宿敵給偷襲了。

「修修就好了？嗯？」

眼睛看向仙人，仙人立刻知道自己錯了。

「黃泉路斷、不周山半毀、冥河改道，天界仙獸滅種數十，人間地鳴不斷、死傷無數，冥界數以萬計亡魂無法轉生，還說——修修就好？」

饒是鬼主跟仙人，也忍不住悚了。

他們從未這樣痛痛快快地打過一架，畢竟他們被限制在各自的界域之中，平常即使見面，也只能以影身互相過招。但這次仙人憑藉著九尾天狐的身體，使出了比平常影身多上數十倍的威力，而鬼主也是全力以赴，毫不相讓。

原來，他們造成了這麼大的破壞。

他們雙雙低下頭來，終於眞心誠意地懺悔，然而爲時已晚，眼睛已經做出判決。他閉了閉眼，一個夾雜著電光的深紫色漩渦出現在鬼主與仙人之間。

透過旋渦，鬼主與仙人都看見對方臉上不可置信的表情。

「您要驅逐我們？」

仙人率先按捺不住地叫了起來。他可以感受到，漩渦裡頭是迥異於三界的地方，雖然有一絲熟悉的氣息，但他已經感受不到自己原本擁有的掌控權力。

他悚然一驚，幾乎馬上就想逃跑，但那眼睛又怎麼會給他機會？仙人一站起來就凌空飛起，劃出一道拋物線直直落入紫色漩渦裡，慘叫聲連連，鬼主聽了，臉色一陣青一陣白。

「陰離？」

那眼睛又開口喊道，冥界鬼主面如死灰，默默地站起來。從一開始到現在，他連一句話都沒有說，他知道這是他的錯，他貴爲一界之主，卻放任冥界崩塌，難辭其咎。

只是……

「慕雪以後會怎麼樣？」

他抬頭，近乎哀求地注視著天上那隻眼睛。

「她是被自然選定的疫鬼，你替她做多少都是無用，她掌管天下疫病之源，無人能敵。」

「會有人……如我一般愛她嗎？」

冥界鬼主垂下眼簾。

「沒有人會比你更愛她。」眼睛的話讓鬼主的肩膀又垂了三分。

「但，會有人愛她的。即使是疫鬼，即使是鬼子，即使是任何人。」

鬼主猛地抬頭，世界法則在安慰自己？他看著那隻總是沒有任何情緒的眼睛，毫不猶豫地抬步往前走，踏入了紫色漩渦。即使一去不回，從此再也見不到女兒，這也是他應得的報應。

他的身影消失在漩渦中，那隻眼睛隨即看向了蘇輕跟葉千秋。蘇輕心中警鈴大響，不是吧？他們也要？

「喂喂，這不關我們的事情啊！」蘇輕理直氣壯地抗議，彷彿完全不記得自己剛剛跟冥界鬼主打得昏天暗地的事。

他心安理得，因爲事實上他根本沒出手，鬼主一根手指頭都能把他碾死，他何德何能能成爲鬼主的對手？咦，你說剛剛在場中上跳下竄的狐是誰？

唉唷，他把身體的掌控權全交給了仙人嘛。

蘇輕鴕鳥地想著。

所以，他毫不心虛地大吼大叫，「一碼歸一碼啊！我們兩個是無辜的，我家千秋被那神經病抓走，說起來我們可是苦主！他們全被你扔進去了，這下世界就清淨了。你放心，我們肯定不吵不鬧，這就走，這就走哈！」

那隻眼睛眨了眨，眼角微微上揚，不知道爲什麼似乎流露出了一點笑意。他看著蘇輕辯解，過了好一會兒，蘇輕自覺無話可說了，才刮刮鼻子，停了下來。

「嗯？說完了？」

「說完了。」蘇輕老老實實地回答。

「你們兩個小傢伙……」說了大半天，人家就是不肯解除禁制，說了等於白說，不如老實一點好。

蘇輕發誓，他聽到這傢伙嘆氣了。

「葉千秋，妳曾說過不服命運。怎麼？妳不喜歡我的世界嗎？」跪在蘇輕旁邊的葉千秋一聽，差點忍不住翻白眼。這傢伙怎麼跟蘇輕一樣，就抓著這句不放？

她抬起頭，無畏無懼地看著天上那隻眼睛，接著突然感覺身上的禁制消失了。她一向是想到什麼做什麼的人，也就乾脆地站起來。

「我不服，憑什麼我的命運要由他人決定？眾人都說我是鬼子，都說我將成疫鬼，那又怎麼樣？我即使是疫鬼，也還是葉千秋，我要走自己的路，無論我是誰，都不會受任何人擺布。」

天上那隻眼睛一瞬間圓睜，也不知道是不是發怒了。

葉千秋彷彿豁出去了，她一把拉起蘇輕，蘇輕被拽得莫名其妙，但還真的也順勢站了起來。她又對著天上的眼睛說：「就算往前走只有懸崖，只要一步就會粉身碎骨，但要怎麼走過去，只有我自己能決定。」

眼睛瞇了起來，聲音低低地響起，迴盪在滿目瘡痍的冥界中，「天底下多少人能有妳這樣的氣魄？妳要自己走，好，我讓妳自己走。葉千秋，眼前是未知的世界，連我都無法掌握太多，妳要擺脫疫鬼的身分，自己走自己的路？那妳敢不敢往前一步？」

葉千秋昂首，毫不猶豫地向前踏了一步。她與蘇輕都把主意打到仙人的天牢上了，還有哪裡不敢去？

「我敢往前一步，你敢不敢把我的人生還給我？」

「很好、很好！」眼睛大笑起來，連冥河都起了共鳴，再度暴漲，河水漫上岸邊。

「我是世界法則，有什麼不敢？我就是這個世界的規則！」

「去吧！」

那隻眼睛眼尾一挑，葉千秋跟蘇輕瞬間被紫色漩渦的光芒席捲，身影消失在冥河岸邊，再也不存於三界之間。

第三章

「我說，妳也問一問我吧？」

蘇輕半真半假地埋怨。他現在全身像是散了一樣，連自己身在何處都不知道。

葉千秋就躺在他旁邊，兩人身上都是稻草。

她伸出手看著自己光潔的指尖、白裡透紅的指甲，又摸了摸胸口，簡直無法置信。所有傷疤都消失了，她在這裡宛若新生。她深深地呼吸一口，幾乎可以感受到空氣順暢地灌進胸膛。

她先是一怔，接著笑了。

那個什麼世界法則果然說話算話，在這裡，她已經不是疫鬼了。光憑這一點，就算這裡是什麼窮凶極惡的地方，她也甘之如飴。

她彎起嘴角，「你的答案只會有一個，那我又何必問？」

蘇輕愣了一下，這女人開竅了？

他一時不敢相信自己的耳朵，於是轉頭看著葉千秋，想從她的臉上看出一點蛛絲馬跡，但葉千秋已經俐落地跳起來，還踹了他一腳。

「走吧！扭扭捏捏的，娘們？」

蘇輕的鼻子差點氣歪，他一個箭步跟上，拉住了葉千秋的手，葉千秋下意識地掙了兩下，卻掙不開。她轉頭看著蘇輕，蘇輕鼻孔朝天，一副坦蕩蕩的模樣。

呿，要眞是坦蕩蕩，會連我的眼睛都不敢看？

葉千秋心裡暗罵，倒也沒捨得下力氣把蘇輕的手甩開。

他們並肩離開剛剛的稻草堆，這才後知後覺地發現，靠……北邊走！這裡是一個雞窩？

讓他們降生在雞窩裡大概是世界法則的惡趣味，不過想想耶穌還出生在馬槽裡呢，實在沒什麼好抱怨了，說不定他們這一世也能撈個救世主當當。

兩人走沒幾步，就發現世界法則的惡趣味實在令人難以理解，蘇輕扯了扯葉千秋的手，他需要跟旁人交流一下自己的眼睛是不是出了問題。

「妳有沒有覺得這地方……有點熟悉？」

葉千秋果斷地翻了個白眼，這傢伙新手時期死回村裡的次數沒有千次也有百次，居然現在才問她是不是覺得有點熟悉？

她抹了抹臉，「別懷疑了，我們眞的在命運裡。這裡是新手村，你往左走，可以看見咱們家黑明最喜歡的雅美娜姊姊。」

提到黑明，蘇輕的心沉了一下。當初他跟黑明一起去找霜月，不過人沒找著，只看見了等著收割他們性命的冥界鬼主，才一打照面，黑明就活活被斬成了兩半。要不是鬼主要留著他刺激葉千秋，他恐怕也是同樣的下場。

這件事情他還沒來得及跟葉千秋說，但他想，葉千秋恐怕也心裡有數。只是，眼下最重要的問題是——

「我們爲什麼會在命運裡啊……」

蘇輕有些猶豫地拐過一間小木屋，還眞的看見了新手NPC，神殿使者雅美娜。她就站在村子中間的噴水池旁，笑盈盈地對來往的人們打招呼。

「我們恐怕得自己去找答案了。」

葉千秋玩過上百款遊戲，深知情報在遊戲中的重要性，而獲取情報的第一步就是從NPC身上下手。她毫不猶豫地走向雅美娜，站定在她面前。

「喂！」

蘇輕發誓，他看見雅美娜的表情僵了一下。

他趕緊拖過葉千秋，「喂喂，妳這樣沒問題嗎？我記得在遊戲中冒犯NPC會遭到士兵追殺啊！」

「那是指主動攻擊NPC好嗎？」

葉千秋懶得理他，又走回雅美娜身前，「喂，妳有沒有聽到我說話？」

雅美娜眼神飄忽，望向遠方，明顯想要忽略來勢洶洶的葉千秋。

蘇輕又一把拉過葉千秋，「我覺得妳這樣不對。」

葉千秋挑眉，「你行，你去。」

蘇輕撥了撥頭髮，拉了拉身上的衣服，走到雅美娜面前。

「尊貴的神殿使者，我們是新生的冒險者，是否能請您爲我們點亮眼前的道路？」

「你從哪裡學來的？」葉千秋狐疑。

「妳都不看任務介紹的嗎？」

「當然不看，只看重要線索。」

「閉嘴啦妳！」

蘇輕狠狠拉了一下葉千秋，兩人期待地看著眼前的雅美娜。

「……」雅美娜沉默。

「我們是不是弄錯了哪個步驟？還是我打開的方式不對？」蘇輕挫敗地問。

「可能是你的樣子太蠢。」

蘇輕氣得臉歪嘴斜，而無論他們兩個說什麼，雅美娜都只會回答同一句話。

「尊貴的冒險者，我無法為您服務。」

「尊貴的冒險者，我無法為您服務。」

蘇輕推推身旁的葉千秋，「欸，她真的是NPC耶！」

「廢話嗎你……」

葉千秋的白眼都要翻到後腦勺了，她忍不住挽起袖子。

「喂，妳不能打女人啊！」

「她是NPC，不算女人！」

葉千秋說做就做，馬上撿起地上不知道哪來的枯枝，想往雅美娜身上丟去，但枯枝還沒扔出去，雅美娜就舉高了手，「異界冒險者，你們找錯人了！」

「喲？講話了？」葉千秋挑眉看著她。

雅美娜立刻摀住嘴，看向天空。

「算了！」葉千秋用力一摔枯枝，枯枝彈了幾下，剛好斷在雅美娜腳下，嚇得雅美娜小臉慘白。

蘇輕心裡頓時一陣惡寒。這女人還眞是一點都沒變啊！當初第一次見到她，兩個人話都還沒說上幾句，這女人手上的刀就招呼過來了。

現在就算到了完全陌生的世界，竟然也是想先動手再說，眞是可怕的女人……

晃神的蘇輕被葉千秋拉走了，當他站定在村長家門口的時候，看著葉千秋輕巧翻牆過去的背影張大了嘴巴。

「喂喂！小偷啊妳？有門不走，爬牆幹什麼？」

「這裡的NPC明顯聽得懂人話，還在那邊裝模作樣，我要去問個清楚。」葉千秋俐落地往屋裡走，絲毫不理會緊張兮兮跟在身後的蘇輕。

村長身爲新手村的最高管理者，家中布置還是挺豪華的，葉千秋拐了好幾個彎才爬上二樓，來到一間書房。

蘇輕大氣都不敢喘一下，別說葉千秋已經不是疫鬼了，他也不是天狐啦！葉千秋這樣橫衝直撞，就不怕招來衛兵，直接把他們押進大牢裡嗎？

不過這遊戲他玩了又死，死了又玩，卻還沒見過大牢長什麼樣。

「喂喂喂！妳打算就這樣闖進去？唉唷我的媽呀！」

蘇輕摀住眼睛，幾乎不敢看，那扇看起來很厚實的木製房門被葉千秋一腳踹飛，她摸摸鼻子，「本來只想踹鎖的。」

大姊，您就算不是疫鬼，這武力値也眞是驚人。蘇輕無力地想。

接著，葉千秋一個箭步上前，抓起桌上的拆信刀抵在村長的脖子上。

「說！這裡是哪裡？不然我殺了你！」

蘇輕冷汗直流，他們這樣眞的沒問題嗎？

村長也嚇得不輕，夭壽，這兩個冒失鬼怎麼這麼凶啊！按照眼下的狀況看來，即使上面交代要刁難這兩人，他也得先問問對方手上的刀同不同意啊！

村長是個識時務的，他清清嗓子，「來自異界的冒險者，我謹代表整個命運世界歡迎你們，你們將在這裡獲得自己的第二人生，實行任何原本不敢做的事情，只要你擁有足夠的勇氣，命運，將由你自己書寫……」

「講重點。」

葉千秋手上的拆信刀又陷入村長的皮膚一點。

村長深深吸了一口氣，這兩個傢伙，就不要落到他手裡！

「左邊櫃子最下面數來第二層，領了你們倆的包裹給我滾！」

葉千秋示意蘇輕過去拿，蘇輕按照村長的指示打開櫃子，還眞的找到兩個灰色包裹，拿在手裡沉甸甸的。他扛到肩上，又繼續看葉千秋逼供。

「你還沒回答我的問題，這裡是哪裡？」

「命運世界。」

村長眼神飄忽，「兩位想必對這裡十分熟悉，都能熟門熟路地找到我家，還知道我這個時間會待在書房發下任務給冒險者，就不要爲難我了吧？」

葉千秋與蘇輕的懷疑終於被證實。這裡眞的是他們所熟悉的命運世界，也就是遊戲世界。

但遊戲明明只是一個虛擬的空間，是由一串數據組成的世界，照理說，世界上任何地方都不存在這樣一個空間。

這時，葉千秋瞬間想起世界法則最後說的話。

「葉千秋，眼前是未知的世界，連我都無法掌握太多，妳要擺脫疫鬼身分，自己走自己的路？那妳敢不敢往前一步？」

她的心中忽然湧現無以名狀的興奮，於是瞇起眼睛笑，換了個問法。

「這是第幾個伺服器？」

村長也瞇起眼睛。「這我不能說……好好，拿開妳的刀！那把刀可珍貴了，是用龍骨打造的……好好我不說廢話，是第十三個伺服器。」

葉千秋驚訝了，「第十三個伺服器是官方伺服器。」

「那一位說過了，要給你們一個連他都無法完全掌控的未知世界，因此他無法創造，只能改造。這裡雖然是存於人界的第十三個伺服器，但就是你們的新世界。」

村長笑得眞心誠意，「葉千秋，因爲妳，我們全都是眞實了。」

葉千秋終於放下手上據說很貴重的龍骨拆信刀，往後一拋，嚇得村長立刻飛身去接，「葉千秋！」

村長的大吼聲迴盪在書房內，卻只看到這兩個可惡的冒險者翻身從窗臺一躍而下，消失無蹤。

「年輕人就是年輕人啊……」

村長愣了愣，接著賊賊一笑，走到剛剛蘇輕打開過的櫃子前，彎腰伸手，眉開眼笑的摸出櫃子最深處的一大袋金幣。

❖

還不知道自己被坑了的葉千秋隨便找了一間新手村的屋子，撬開門鎖，跟蘇輕兩個人蹲在地上開始分贓……不，是拆包裹。

她毫不猶豫地直接拆開，裡頭各放著一塊石板、一套衣服、一把武器。

「這是……」葉千秋皺起眉頭。

「新手包裹。」蘇輕倒是熟悉，他當初被霜月逼著練了很多隻角色，他又有拿到包裹就非得點開的強迫症，這種灰色包裹他大概拆了上百個。

葉千秋抹了抹臉，他們身在遊戲裡，拿到新手包裹好像也不是什麼值得意外的事情，只是——

「一把短刀、一把弓箭，難道職業沒得選了？」

蘇輕皺起眉頭，「我討厭從遠處偷襲的小人。」他拿走那把短刀，雖然他的最愛是長劍，不過眼下只能湊合著用了，有總比沒有強。

葉千秋聳聳肩，她最擅長操作的角色是法師，皮薄血少攻擊力強，獵人的攻擊力雖然不如法師，但血多了一點，或許在這個未知的世界裡是更好的選擇。

她拿起弓箭跟旁邊的一捆箭矢，聽到自己的耳邊響起熟悉的系統提示聲。

「尊貴的冒險者，妳已選擇獵人做爲初始職業。」

她跟蘇輕對看一眼，知道對方也聽到了相同的聲音，這時候那塊重得能拿來砸人的石板上浮現一串金色文字。

姓名：葉千秋

種族：精靈

職業：獵人

等級：1

她跟蘇輕交換了一下石板，發現兩人都只有一等。

但蘇輕的臉一瞬間黑了，他剛剛才說不想當從遠處偷襲的小人，現在就發現自己的職業是盜賊，這分明就是雞鳴狗盜之輩！

他憤恨不平，咬牙切齒，咒罵不已，只差沒躺在地上打滾。

葉千秋懶得理他，又往包裹裡面一摸，看這包裹鼓鼓的樣子，應該還有東西。她伸長手掏啊掏，果然又掏出了兩顆蛋。

「喂蘇輕，這是啥？」

這兩顆蛋一墨黑一亮白，上面刻印著繁複的紋路，上尖下圓，有好幾斤重，手感不錯，圓潤圓潤，活像特大號的鴕鳥蛋。她揚起了眉毛，遞給蘇輕。

「我哪知道啊！」

蘇輕沒好氣的回她，「上輩子」玩遊戲的時候，他只專注在兩件事上，一件事是追在葉千秋的屁股後面跑，一件事是去競技場虐殺玩家，哪會知道這蛋是啥。

葉千秋深深皺起眉頭，如果是能在遊戲中賺錢的事，她肯定知道，但這遊戲裡的寵物是綁定帳號的，意思是不能交換也不能販售。

而寵物的攻擊力低下，頂多只能給怪搔搔癢，主人隱匿起來的時候，無法跟著隱匿的寵物還會暴露主人的位置，讓玩家無法越等打怪。

總結上述原因，寵物系統對於三餐吃什麼還得看打到什麼寶物而定的葉千秋來說，就是廢物般的存在。

「扔了唄？」葉千秋嚴肅地看著這兩顆蛋。

「還是不要吧……」蘇輕有些猶豫。自從來到這個世界，失去所有天狐的能力後，他就變得小心翼翼起來，跟恣意妄為的葉千秋完全相反。

他清清嗓子，慎重地開口，「還是……吃了吧？」

「你餓了？」

「有一點。」

「好吧，我記得村邊有個爐火是專門給新手用來鍛造裝備的，拿去烤了吧！這麼大顆，烤起來應該不錯。」

葉千秋拍板定案，只可惜人算不如天算，這時候兩顆蛋嗶嗶剝剝的裂開了，裡頭兩隻小獸控訴般地瞪著蘇輕跟葉千秋。

「什麼鬼東西？」

葉千秋皺起眉頭，捏著其中一隻的尾巴拎起來。這兩隻小獸和蛋殼的顏色一樣，一黑一白，頭圓如球，身體微長，四肢生有爪子，背上長著一對小肉翅，濕糊糊的，明顯還不能飛。

「有點醜。」

蘇輕頓時想把牠們往外扔，這兩隻小東西醜得天怒人怨，根本挑戰他的審美觀，但他拎起另外一隻黑的，心想：蛋沒了，換來肉，感覺挺划算的？

這時，系統的提示聲又在他們耳邊響起：「尊貴的冒險者，您的寵物已綁定完成，未來請帶著您的寵物一起在這個世界冒險吧！」

葉千秋跟蘇輕滿臉黑線，兩人下一個動作都是一把抓起石板。

「靠！果然！」

蘇輕立刻爆了粗口，原因無他，他的石板上面清楚地多了一行——

寵物：陰離
種族：龍族
等級：1

葉千秋的則是——

寵物：玄明
種族：龍族
等級：1

兩人對望一眼。好吧，這下不能吃了。

他們膽子再大，也不能把二界的管理者給吃了，就算有天大的仇恨，要把曾經活生生出現在眼前過的人烤來吃，他們自認還是沒有這麼狠心。

蘇輕不抱希望的開口，「陰離是我想的那個人嗎？」

葉千秋絕望的點頭，「玄明也是我想的那個傢伙嗎？」

蘇輕嘆口氣，拎起陰離，連同石板跟武器一起塞進自己的灰色包裹裡。得了，身無分文還得養家，這兩隻小的不知道食量大不大？

他們垂頭喪氣地走出小屋，也不去理會在袋子裡不斷抓咬的小龍，又來到了雅美娜面前。他們這次記取教訓，事先換上了包裹內的新手服裝，裡面也就一套衣服跟武器，傻子也知道這衣服不穿不行。

他們換上新手服裝後，雅美娜果然笑逐顏開。

「尊貴的冒險者，有什麼我可以爲您服務的嗎？」

葉千秋想了想，決定既來之則安之，「我想接新手任務。」

雅美娜的眼神閃了閃，「好的，我這裡有兩個新手任務，一個是帶回一百株回春草，另一個是消滅二十隻綠毛蟲。另外，兩位來自異界的冒險者不用擔心，您所消滅的怪物數量都會記載在史冊中，回來再與我核對即可。」

「石板就石板，說什麼史冊……」蘇輕嘟囔著。比起殺蟲，他寧願去拔草，但他還沒來得及開口，就聽見葉千秋果斷接了任務。

「我選第二個，消滅綠毛蟲，我跟他都是。」

葉千秋話音剛落，蘇輕耳邊就響起接到任務的提示聲。

「喂！」蘇輕氣得跳腳，卻被葉千秋一把拉走，「我不要去殺蟲啦！噁心死了！選這個幹麼啦！」

蘇輕的審美觀一向高於平均水準，以往他用鍵盤滑鼠就能屠殺一切遊戲裡的怪物，現在卻得親自上陣，手裡的武器還是短刀。

難不成要他拿這把長不過手臂、寬不過手掌的短刀刺進蟲身裡，然後噴出一堆血，把自己搞得黏糊糊的，像是剛從屍體堆裡爬出來的噁心鬼？

「你傻了？拔一百株草，我們兩個加起來就是兩百株了，你要拔到天黑還是下一個天亮？再說，那麼多草怎麼扛回來？你要拔自己去拔，我要快點賺錢！」

「賺錢做什麼……」

「新手村的旅店住一個晚上要二十個金幣，你想睡荒郊野外還是稻草堆？」

「……我用短刀跟妳換弓箭好不好？」蘇輕哀求。

「綁定帳號了。」葉千秋用看白痴般的眼神看著蘇輕。

❖

蘇輕看著樹頂上的葉千秋，心裡只想哭。

葉千秋不愧是命運的台幣戰士供應商，哪裡有好位置可以卡角色卡怪物，她都一清二楚。現在卡在樹頂上的她，咻咻咻幾箭出去，就把綠毛蟲扎成了刺蝟。

蘇輕本來還想，太好了，他可以放心讓大神養了，但那殘忍的女人卻不讓他好過。

「你去把毒囊割下來，可以賣給旅店老闆，十個一金。」

蘇輕簡直要炸毛了，毒囊？那東西不是拿著滑鼠對著屍體按按採集就可以得到的物品嗎？

「爲什麼我要自己採集啊！我的人工成本很貴的欸！」

「你用滑鼠點給我看？」葉千秋拿起弓箭對準蘇輕，眼中精光連閃。

蘇輕哭喪著臉，只肯用腳尖翻動綠毛蟲的屍體。

葉千秋眉毛一挑，知道要治這傢伙得用非常手段。她拿起弓箭往遠處的綠毛蟲發了一箭，而後好整以暇地看著綠毛蟲頭上飄出一個-10HP的符號。

綠毛蟲憤怒地邁開小短腿衝向大樹，打算把剛剛攻擊牠的葉千秋撞飛，但葉千秋的角色在哪？在樹上。那誰又在樹下呢？蘇輕。

葉千秋微笑看著綠毛蟲奔向蘇輕，牠揮舞著短短的毛毛腿憤怒一撞，蘇輕就飛了出去，盜賊的小身板實在是纖細又脆弱。

蘇輕立刻火了，「喂！我還在找該死的毒囊呢！」

他不肯拿出短刀，身後的綠毛蟲也不肯放過他，於是他只好在樹下繞圈狂奔，狼狽不堪。

葉千秋這才慢悠悠地拿起弓箭，瞄準了綠毛蟲，咻咻咻咻補上四箭。

「十秒鐘割一個毒囊。」

她舉起食指，微微笑著。

蘇輕悲憤了，「妳不能這樣對我！」

葉千秋舉起弓箭，再次作勢射向遠方的綠毛蟲，蘇輕拿她沒辦法，只能一咬牙彎下腰來，粗魯地割下綠毛蟲腹部的毒囊，往旁邊地上一扔。

接下來，葉千秋真的說到做到，她只給蘇輕十秒的時間，要是蘇輕沒在十秒內把毒囊割下來，等待他的就是綠毛蟲的憤怒頭錘。

她看著蘇輕埋頭苦幹的模樣，忍不住多殺了幾十隻綠毛蟲。這毒囊可是好東西，十個就一金，不僅旅店老闆收，烹飪店聽說也是要的，而且她剛剛看了一下石板，才半天的時間，她和蘇輕都已經升上十等了。

十等就能擁有第一個戰鬥技能。

練功狂人兼賺錢狂魔葉千秋將心裡的算盤打得叮噹響，絲毫不體貼樹下累得咬牙切齒的蘇輕。

但不知道是系統大神看不過去了，還是他們兩個把霉運帶了過來，在他們殺了將近一百隻綠毛蟲後，地圖上出現了一個紅點。

當然，地圖是有螢幕的玩家才看得見的，葉千秋跟蘇輕身在遊戲裡，別說螢幕了，連滑鼠跟鍵盤都沒有，當然不知道綠毛蟲BOSS出現了。

當發現綠毛蟲BOSS正在接近這裡的時候，葉千秋的臉色立刻變了。

她爬得高、看得遠，一發現不對，馬上朝底下的蘇輕大喊，「喂喂！快上來！」

「妳終於良心發現了啊？」

「發你個頭！快點上來，BOSS來了！你要是想死就待著別動吧！」

葉千秋很快搭弓上箭，咻咻咻射出了好幾箭，好在綠毛蟲BOSS是專爲新手玩家設計的，他們現在的等級跟裝備還勉強可以打出一點傷害。

蘇輕也發覺不對了，他回頭一看，見到跟小山一樣大的綠毛蟲BOSS像火車般高速衝過來，臉色頓時難看得不能再難看。他三兩下爬上樹，手腳俐落得彷彿他不是天狐，而是一隻猴子。

「這東西是什麼啊？醜死了！」

蘇輕不住地往下張望，雖然他上輩子經常跟著葉千秋四處推王打寶，卻從來沒有涉足新手村，也就不知道這隻蟲是何方神聖了。

「綠毛蟲BOSS。」

葉千秋倒是冷靜，她看了一下包裹，箭矢還剩一些，能不能射死這傢伙有點難說，但什麼都不做就放棄不是她的風格。

「攻擊力高不高啊這傢伙？」

蘇輕拔了一根樹枝往下一扔，綠毛蟲BOSS大口一張，馬上吞了，他頓時覺得心裡涼涼的。

「頂你一下你就得回城去了。」

剛才殺了上百隻的綠毛蟲，畢竟又不是動動滑鼠就好，因此葉千秋現在是貨眞價實的手瘦腳麻，仔細一看，連指尖都有些泛白了。

但她依舊一箭接著一箭，穩穩對著底下憤怒地不斷猛撞樹的綠毛蟲BOSS造成傷害。

「這麼凶！」

蘇輕臉色一片慘白。靠！他不想這麼快就重溫死亡的感覺啊！而且誰知道在這個世界裡死掉會怎麼樣？

他一咬牙，繼續拔樹枝扔綠毛蟲BOSS，越扔越有心得，發現只要扔到頭頂或者眼睛，就會飄出少少的傷害。

蘇輕專心致志地扔樹枝，葉千秋心裡也盤算著，她推測這傢伙的血量大概是五百上下，她得射出五十箭才行。她一邊注意包裹裡的箭矢還剩多少枝，一邊計算BOSS剩餘的血量。

但他們兩個加起來，連衰神都要繞邊走。

在綠毛蟲BOSS的血量大概還剩三十滴的時候，葉千秋的包裹空了，而蘇輕也把樹枝拔光了，他們就在光禿禿的樹上跟綠毛蟲BOSS大眼瞪小眼。

「妳覺得這傢伙耐性好不好？」

蘇輕期待地看著葉千秋。

葉千秋不斷地喘氣，射完了一包裹的箭，她累得簡直要暈過去了，乾脆坐了下來，「誰知道？上輩子這傢伙一出現，就會有玩家在世界頻道上喊座標，很快就會引來一堆人了。」

「那咱們現在喊人還來得及嗎？」

「怎麼喊？」

「有、沒、有、人、要、來、啊？這、裡、有、BOSS、啊！」

風仍然在吹，雲仍然在飄，綠毛蟲BOSS仍然在撞樹。

兩個人對看一眼，垂頭喪氣地望向底下越來越憤怒的綠毛蟲BOSS。當然，蟲是沒有表情的，但看著蟲身越發火紅的亮光，白痴都知道這蟲王要發瘋了。

果不其然，他們隨即聽見十分不祥的聲音，往下一探，發現這傢伙竟然開始啃樹皮了，很快，這棵光禿禿的可憐大樹就有要仆街的跡象。

「葉千秋，妳快想辦法啊！」

蘇輕抱著樹幹慘叫連連，他不想考慮下去被綠毛蟲BOSS用頭錘頂飛的死法比較好，還是從樹上摔下去的死法比較好。

「把那兩個傢伙扔下去！」

葉千秋飛快地下了指令。

「不是吧！牠們好歹也是……」

「閉嘴！快扔！」

葉千秋從包裹中掏出正在呼呼大睡的玄明，用力地往下一扔。這傢伙本來睡得正香，被葉千秋這麼暴力地扔出去，差點一頭撞死在綠毛蟲BOSS身上，好在人家是龍族，身體素質好得逆天。

牠在半空中繞了一圈，緊急煞車，憤怒地振翅飛上來，噴了葉千秋一臉。不過葉千秋不怕牠，因爲寵物是無法傷害主人的。

她一把抓起玄明，下達命令，「快去攻擊樹下的蟲王！快點弄死牠，晚上給你買肉吃！」

蘇輕看玄明沒事，也扔了陰離下去，他們現在自身難保，只能死馬當活馬醫。

玄明跟陰離聽到葉千秋的話，先是一愣，接著同時撲了上來。

把牠們當什麼？牠們可是二界管理者，叫他們去打下面那隻蟲？有沒有搞錯啊！

來一隻哥吉拉再叫牠們出來好不好？

「快去！不然我把你們賣了！」

葉千秋無比認眞，她再次抓著不斷亂飛的玄明，指著底下的綠毛蟲BOSS，「不要挑戰我的耐性，你要是不殺了牠，我就把你們倆賣給烹飪店！我記得有道菜叫做醃漬龍肉炒三杯，誰想先試試？」

玄明跟陰離看著葉千秋，頓時都萎靡了。

牠們振翅往下飛去，懶洋洋地對著綠毛蟲BOSS各吐了一口炙熱、冰涼的龍息。

-1HP

玄明跟陰離頓時憤怒了。

這是赤裸裸的嘲諷啊！他們要拆了這個該死的系統！

礙於葉千秋的淫威，就算龍息只能帶來可憐的一滴傷害，玄明跟陰離依舊只能繼續賣力地吐，直到牠們都快吐成龍乾了，綠毛蟲BOSS才終於轟然倒地，光榮犧牲。

葉千秋看著石板上暴漲的經驗值，放鬆下來。她從樹上溜下，撈起兩隻半死不活的小龍，跟蘇輕一人一隻塞進包裹裡。

「妳怎麼知道牠們兩個會飛了？剛出生的時候不是還不會？」

蘇輕一臉狐疑，難道這女人在玩遊戲方面是天賦異稟？

「不知道，就試試。」葉千秋老實地回答。

包裹裡的兩隻小龍頓時吐出一大口血，雙雙昏迷了。

第四章

歷經這次生死關頭，蘇輕覺得他們有必要搞清楚一件事。

在這個世界死掉後，到底會發生什麼事情？

這個世界的一切都如此眞實，現在葉千秋還站在雜貨商人面前，跟人家一枝箭矢一枝箭矢的討價還價。

弓箭手要拿弓箭打怪還得買箭，十枝箭一捆就要一金，簡直是拿錢砸怪。想到這裡，蘇輕嘆口氣，老老實實地蹲在原地，等著葉千秋回來。

葉千秋買完了雜貨，一臉怒意。綠毛蟲毒囊一共只賣了二十金，光是買箭矢就幾乎用光，她本來還想著晚上要睡旅店，現在好了，什麼旅店？回去蹲稻草堆吧！

「不是說很好賣？」

蘇輕白了她一眼，繼續蹲在地上畫圈圈。葉千秋死活要他扛回來，扛得他腰痠腿疼扭了腰，卻連一晚旅店都住不起。

葉千秋瞪他一眼，絲毫不讓。

「要不是有扛這一批回來，我們連木箭都買不起，待會怎麼解任務？指望你上去奮勇殺敵？好啊，你就用那把短短的刀刺進蟲子的腹腔，狠狠劃開，從尾端的地方抽出來，看著血肉模糊的傷口再補上幾刀，小心別被咬到也別被壓死了啊！」

蘇輕臉色一陣青一陣白，他沒什麼缺點，但身爲一隻漂亮得能禍國殃民的天狐，他的審美等級比別人高了一大截不止，要他跟怪貼身肉搏，打得渾身髒兮兮的，還得近距離面對怪物的血盆大口……

蘇輕嘔了幾下，看得葉千秋直翻白眼。

「走吧，你剛剛不是說有個十分要緊、攸關性命、說什麼都要現在去問、比晚上睡哪裡都還要重要的問題要搞清楚？」

蘇輕不理會葉千秋明顯的嘲諷。

嘖，這女人就是個暴力分子，動不動喊打喊殺，不像他打從出生起就具備一項優良品德：珍惜生命，遠離危險！

「我想知道我們在這個世界死了會怎樣。」說到生死問題，蘇輕比誰都認真。

「復活回村唄……」

葉千秋下意識回答，可是話一出口，她自己也覺得不太對勁。按理說，就算她多麼熟悉這個遊戲，這個遊戲也只是由一串數據組成的，但現在她身在其中，彷彿這是她唯一的世界。

「問人唄。」蘇輕抹抹臉，他在葉千秋眼中看見了一絲沉重。

人在江湖飄，哪有不挨刀？玩遊戲要天天跟怪把命搏，哪可能不死個一兩次？

就算是大神葉千秋當初所操縱的法師，被怪逆推倒也不是什麼新鮮的事。

然而，他們現在是真真實實地在這裡，打怪會累、被怪撞會痛、吃飯喝水都得花錢，手上這瓶白色的敏捷果汁還要價一金呢。

喝了也不知道有沒有跑比較快，這根本是坑人嘛……

蘇輕開始在新手村尋找能讓他問清楚的對象。

拿這問題去問玩家？肯定不實際。

玩家人在家中坐，打怪聊天釣妹三不誤，跟他們這種被世界法則扔進來的倒楣鬼不是同一個娘胎的。

但是在整個新手村裡面，他們也只跟兩個NPC有點交集。於是，葉千秋跟蘇輕很有默契地走回他們的老冤家——神殿使者雅美娜身前。

反正他們現在穿上遊戲中的新手服裝了，要是這傢伙還三句話打不出一個屁來，他們就、就……去找村長唄。

「咳咳，尊貴的神殿使者，我們想問個問題。」

蘇輕決定以後外交關係都由他負責了，葉千秋那種沒禮貌又喊打喊殺的問法，說不定哪天就被系統給全面通緝了。

「來自異界的冒險者，如果有遊戲相關問題，請按下問題回報，我們會隨時由客服人員爲您服務。」

雅美娜的笑容很眞誠，眼神很心虛。

「……商量一下嘛，一個問題就好了。」

蘇輕抹了抹臉，他知道問題回報按鈕在哪裡，但他現在沒有視窗也沒有鍵盤，哪來的按鈕？

「……來自異界的冒險者，如果有遊戲相關問題，請按下問題回報，我們會隨時由客服人員爲您服務。」

雅美娜的笑容越發尷尬，還悄悄地退後一步。嗚嗚，主神在上，這兩個異界玩家好可怕啊！

「算了。」出乎意料的，葉千秋拉住了還想再嘗試的蘇輕。

「繼續問也沒用，她是新手NPC，能給玩家的資訊本來就不多。」葉千秋看開了，與其繼續在這裡把自己也搞成NPC，不如另覓他處。「換一個NPC吧。」

「也是，又不是只有這一個。」

蘇輕想想，也釋然了。他跟葉千秋回報了任務，領了一堆新手補給品，有用的不多，至少什麼回血藥水、回魔藥水他們是不敢隨便喝的。整理完物品後，蘇輕順便把兩顆小得只能塞牙縫的包子扔給那兩隻小龍。

與其大家都吃不飽，不如讓這兩隻吃飽一點，早日長大，以後他跟葉千秋看家，小龍負責接任務打怪賺錢，多好？

不過見兩隻小龍一口吞掉整顆包子後，還一臉盼望的看著自己，蘇輕立刻果斷把牠們塞回包裹裡。

因為什麼也沒吃，他們在去村長家的路上，不自覺地被一陣香味拐走了。兩人左繞右拐，不久在一棟木屋前駐足。

「好香啊……」蘇輕一臉神往。

「嗯。」葉千秋面無表情，卻也是猛吞口水。

「你覺得人家會不會歡迎我們？」

蘇輕試著推開木屋的一扇小窗，看著裡頭滿桌的菜餚，肚子一陣疼。

葉千秋比蘇輕務實一點，她掏出身上剩下的金幣，「還有八枚。應、應該夠吃這一餐吧？」

他們不是不想上旅店吃，旅店也有賣回血、回魔的料理，但一份料理要價三金，功能又有點奇怪。

而且葉千秋早盤算過了，他們身上的金幣就算全拿去買料理，大概也只能吃個半飽。

所以，他們對著眼前這桌佳餚，浮想聯翩。

只是他們都還保有一點理智，畢竟還沒弄清楚死亡的懲罰是什麼，所以面對滿桌山珍海味，即使饞得只差沒滴口水下來了，兩個人還是左顧右盼地猶豫著。

但他們耐得住飢餓，小龍們可不行了，牠們在包袱裡面饞得受不了，乾脆自己爬了出來，一振翅就飛向餐桌，埋頭開吃。

葉千秋跟蘇輕面面相覷，乾脆也爬了進去。反正吃都吃了，吃了三道跟吃了五道似乎沒有什麼差別。

他們拋開顧忌大吃特吃，好一會兒才發現餐桌旁坐了個笑吟吟的老人。

看著老人的笑臉，葉千秋下意識把弓箭拔出來對準，蘇輕也炸開了毛，一把撈過兩隻吃得圓滾滾的小龍塞回包裹裡。

「這裡的食物不錯吧？」

面對這群不速之客的敵意，老人也不生氣，他自顧自地拿起一隻雞腿，啃得油光滿面，「好久沒有吃東西了呢！」

這種像是餓死鬼終於從地獄道裡爬出來的語氣是怎麼回事？

葉千秋無言了，放下弓箭。既然是熟人，那也不用客氣了。

她拿起桌上的炸蝦，慢條斯理地吃著，「你來幹什麼？」

「來體驗人生。」老人瞇起眼睛笑。「在這裡，我只是雁還村的一個普通居民，想吃就吃、想睡就睡，偶爾還能釣釣魚、種種花，日子真是平靜啊！只是沒想到，我這破舊的小屋還會遭賊呢。」

葉千秋心裡頓時湧起強烈的不平感。

「您老人家過得還眞是舒服啊！你知道不知道，這裡的物價簡直坑人？我們要不是窮得沒飯吃，又怎麼會爬牆吃你的飯菜？」

「喔呵呵……」老人——不，世界法則——樂呵呵地笑，活像聖誕老人。「葉千秋，在這裡，妳每走一步都是自己的選擇。」

又來了，又開始打啞謎了！葉千秋翻了個白眼，「我怎麼知道你沒有橫插一手？」

「命運是精密而複雜的計算。」世界法則還是在笑，「總之，妳信得過我老頭子吧，我不至於誆你們這兩個小崽子。說吧，不是有問題要問？這裡雖然不歸我管，但在我沒發話之前，他們是什麼都不敢跟你們說的。」

葉千秋跟蘇輕終於知道爲什麼雅美娜明明聽得懂他們在說什麼，卻始終不肯跟他們交流了。

始作俑者就在面前，葉千秋跟蘇輕反而踟躕了。問了又能怎麼樣？他們不是說過，不管命運是什麼，他們都要過自己想過的人生？

而且他們抱怨歸抱怨，倒是沒真的想回去「上一輩子」。

被冥界鬼主看上的疫鬼預備役，以及天地靈氣所化還能長出黑尾的稀有天狐，這組合怎麼看都很不祥。

想到這裡，葉千秋雙手一攤，什麼都不打算問了。好歹世界法則沒把她扔到魔獸○界，她可沒玩過那款遊戲。

「不問了，留著當驚喜。」

葉千秋吃飽了，一抹嘴就想走，這時一直沉默著的蘇輕卻開口了。

「我還是有個問題要問。」

「嗯？」

世界法則耐心傾聽。

「我們如果在這裡死了會怎樣？」

世界法則頓時瞇起眼睛，他慢條斯理地拿起桌上的茶杯，喝了一口茶，「你們剛剛打怪會累不？」

「剛剛吃飯會飽不？」

蘇輕心中出現不妙的預感，老實地點頭。

蘇輕又點頭。

「那為什麼要問在這裡死了會怎樣？會死，就是會死啊。」

世界法則笑得莫測高深。

❖

葉千秋跟蘇輕坐在新手村門口，一籌莫展。

會死啊……

媽的！他們兩個上輩子死撐活撐，連冥界都去了一遭，就是說什麼都不想死啊！

現在這傢伙卻跟他們說會死。

葉千秋看都不用看攻略，也知道離開新手村的必經任務是挑戰地底監牢的骷髏王族，途中還要穿過成群的食屍鬼跟地獄犬。可以說，每個新手都是死了無數次才解掉這個任務的。

但他們兩個一來不想找其他玩家組隊，二來不能復活，所以這個方法他們說什麼都不可能嘗試。

「試試看？」

「不要。」

「又不一定會死。」

「裝備爛成這樣，不死我頭給妳。」

「我要你的頭幹麼？不對！重點是，我們不解完這個任務就不能離開新手村，就會一直卡在十等，這裡的怪我們現在打了也沒經驗。」

「誰叫妳要打那個什麼蟲的打到十等！」

「不打綠毛蟲我們也是會卡在十等！」

要去的自然是葉千秋，而死死抱著新手村大門門柱，說什麼都不想去找骷髏王族自殺的是蘇輕。

「我們會餓死在這裡。」

葉千秋實在拿蘇輕沒轍，但她如果一個人去，有沒有勝算也難說，而就算通關，她也不可能把蘇輕一個人扔在新手村，那結果還是一樣。

「餓死就餓死。」

「要撒嬌去找你媽！」

「我石頭蹦出來的哪有媽？」

葉千秋猛地站起來，火氣直往上冒，她到底爲什麼要在這裡哄小孩？

「不然你想怎樣？餓死跟被砍死選一個！」

蘇輕淚眼汪汪，咬著下唇，說有多可憐就有多可憐。他猶豫了半晌，「我選……餓死，至少可以多活幾天。」

「我不管你了！」葉千秋恨恨地往外走，卻被蘇輕一把抱住大腿，她回頭冷冷瞪著在地上蠕動的他。「幹麼？回心轉意要跟我去了？」

「不要。」

葉千秋抬起腳，打算狠狠踹向他。

「不准踹臉！」蘇輕大叫一聲，「一定有辦法的！我、我想到了！我們可以當生活玩家！對，生活玩家！不用打怪推王，也一樣可以升等賺錢。」

葉千秋皺起眉頭，「那樣太慢了。」

「可是安全！」蘇輕越想越覺得有道理，他立刻從地上爬起來，振振有詞，「別人一天頂多上線十二小時，我們可是有二十四小時啊！怕什麼？時間就是金錢，我們有大把的金錢！」

「這句話不是這樣解釋的。」葉千秋沉吟了一下，「但你說的也對，沒必要拿自己的性命去冒險，我們好不容易有重來的機會，我可不想死在白痴隊友的愚蠢走位上。」

最後一句，蘇輕果斷當作沒聽到。

兩人商量後，葉千秋決定主修縫紉，副修金工；蘇輕則主修烹飪，副修製藥。

命運這款遊戲裡的生活職業很多，幾乎一切玩家所需都可以藉由練生活技能獲取，只是因爲練生活技能的經驗值不高，賺錢又慢，很少玩家會只單練這個。畢竟要是這麼討厭打怪，去玩模擬城市豈不是更好？

他們會選擇這四項職業的原因也很簡單，縫紉和金工得到的製品都可以拿來與玩家交易，如果他們哪天走大運，製造出頂級裝備跟逆天首飾，一下子就能賺得口袋滿滿。而烹飪和製藥就現實多了，這樣他們可以自己採集跟狩獵，再不濟也能讓蘇輕做飯跟煮藥水。雖然藥水的副作用很多，但敏捷果汁的味道還不錯，總比喝湖水強，還不知道水裡有沒有寄生蟲呢。

這個世界真實得太坑人了，他們要步步爲營，小心爲上。

拍板定案後，他們分別去學了生活技能，好在前期不用花太多錢，兩人各一個金幣就搞定了。

生活玩家的任務通常都不會太困難，跟殺怪推王比起來簡直毫無危險，只是繁瑣，有時簡直煩得人想刪帳號。

但葉千秋跟蘇輕不能刪帳號，只能站在笑吟吟的裁縫導師面前，再問一次，「你剛剛說兩件羽毛外袍的材料是什麼？」

裁縫導師笑得見牙不見眼，「三百根青鳥的羽毛。」

葉千秋幾乎要殺人了，「我記得羽毛外袍一件只要十根青鳥羽毛。」

裁縫導師理所當然地點頭，又更理所當然地開口，「是啊！不過其他的是妳的學費、我的報酬。」

「太黑了！」

葉千秋轉頭瞪著在一旁殷殷期盼的蘇輕，憤恨不平，「上輩子沒練過幾次生活技能，都不知道生活技能這麼難練。你一定要羽毛外袍嗎？醜不啦嘰的，輕飄飄又不保暖，換成烏夜斗篷不好嗎？」

「烏夜斗篷也要三百根烏雀的羽毛，而且我剛剛去拍賣場問過了，羽毛外袍和烏夜斗篷相比可以多賣五金。」蘇輕眨眨眼，殘忍地指出事實。

「……你的烹飪練得怎樣了？要是今天晚上做不出晚餐來，我就抓你去推骷髏王！」葉千秋不甘願地接下任務，還對著蘇輕發脾氣。

「在練了在練了！」蘇輕跳腳。如果說葉千秋的任務是坑死人不償命，那他的任務就是煩死人不償命，他得剔乾淨三百條魚的魚刺，才能勉強學到香煎魚肚的食譜。

還好這個任務會先送玩家三百條魚，不然他光是抓魚就得抓三天。

現在，他一邊看著葉千秋在青鳥棲地裡面等著青鳥掉羽毛，一邊剔魚刺。可憐葉千秋前世身爲大神，如今只能在鳥屎與鳥毛之間風騷走位。更可憐自己堂堂天狐，也是一手抓魚，一手剔刺啊！

但是一想到要去推王送死，死後還飄飄無所蹤，蘇輕就寧願認命剔魚刺。剔多了，他也會成爲殺魚的一把好手，未來葉千秋想吃魚還得求他呢！

「過去一點。」

葉千秋攏了一大把羽毛，坐在蘇輕旁邊數。她剛剛忍不住偷爬到鳥窩裡去搶人家孵蛋用的墊底鳥毛，雖然差一點就被母鳥發現，不過收穫頗豐，值得。

「幹麼？」

蘇輕頭也沒抬，飛快地殺魚剔刺。這個位置他可是選了好久，有涼爽的風有樹蔭遮陽，這女人怎麼一回來就趕人？

「你太臭了。」

葉千秋也數得起勁，只能簡潔回答。

「妳的鳥毛也沒好到哪裡去！哪裡撿回來的？這麼臭！」

「……地上撿的。」

「少來！地上撿的會有蛋殼？」蘇輕抓起一根手臂長的羽毛，在葉千秋面前激動地揮啊揮。

「這你就不用管了。」

葉千秋轉了個身，背對著蘇輕。

「我學會香煎魚肚之後，妳就不要吃！」

蘇輕氣得上跳下竄，只差沒拿魚砸葉千秋，「青鳥雖然不是主動怪，但等級擺在那裡，搧一下翅膀就夠妳投胎好幾次了！妳還敢爬到人家窩裡偷毛？是不要命了嗎？」

蘇輕氣呼呼的，在葉千秋背後狂吼。

葉千秋被他這樣一吼，火氣也有些上來了，「你窮緊張個什麼勁？我靠著這遊戲養活自己至少兩年，還付得起房租跟電話費，說實在的，我閉著眼睛都能下副本解任務。但你說不推王我也就不推王，你還有什麼不滿意的？」

葉千秋的話讓蘇輕一窒。

他知道，葉千秋沒有他也能過得很好，他也知道人終有一死，即使是疫鬼、天狐，也沒有無窮無盡的壽命。

他不准葉千秋去接戰鬥任務，根本是操心過了頭。

可是……「這次，我不知道能去哪裡找妳了……」

蘇輕的話音很輕，卻飄進葉千秋心裡，她聽懂了，只好嘆氣。冤孽啊冤孽！

「知道了，我接下來都用撿的總行了吧？」

唉，用撿的不知道得撿多久。有沒有什麼藥下在水裡，讓這些笨鳥喝了就會狂掉毛的？還是多抓幾隻跳蚤扔進牠們窩裡，讓牠們自己抓到禿？

葉千秋開始打歪主意。

「很好很好，晚上做香煎魚肚給妳吃！給大爺期待哈！」

蘇輕滿意了。這傢伙就是吃軟不吃硬，哼哼！

「你也只會做這個……還不知道做不做得出來……」

「不吃拉倒，餓死妳算了！」

「唉……」

葉千秋看著樹頂上的鳥窩，沮喪嘆氣。

❖

那天晚上，葉千秋終究吃到了香煎魚肚，蘇輕的生活技能練得還算順利。而葉千秋的羽毛外袍做了整整一個禮拜，光撿足三百根鳥毛就花了三天，更別提反覆地做、反覆地失敗，最後葉千秋狂吼著要把生活職業的技能洗掉，才終於做出兩件袖子不一樣長的羽毛外袍。

穿上去之後，他們還眞的感覺到敏捷多了一點，跑步跑得更快了，去溪邊撿柴火時的負重量也更高了。

是的，蘇輕要學的下一道菜色燒烤野豬肉，在學之前得先撿回一公噸多的柴火，還得殺掉十頭野豬。要不是蘇輕跟葉千秋作弊，挖了上百個陷阱，恐怕得眞槍實彈去跟野豬搏鬥。

總之，他們兩個終於把初級的生活技能都學完後，等級也達到了十五等。

至於陰離跟玄明，他們乾脆放龍吃草，讓牠們去禍害新手村附近的小怪。蘇輕已經把醜話說在前頭了，在這裡死掉後很可能一了百了，別說靈魂了，恐怕會連一點意識都不存。

他話都說清楚了，這兩隻小獸要爲王爲寇，就讓牠們自己選吧。

陰離跟玄明展現出極大的反差，陰離本就暴戾嗜殺，牠來到這裡之後，乾脆拋開了冥主鬼主的身分，天上地下的威風。

反正打不過還可以跑，跑不了大不了就死。牠看得很開，卻始終沒死，雖然總是傷痕累累，一身血腥，不過等級也飛快地漲，要不是寵物進化以前的等級上限是三十等，牠恐怕有希望成爲全伺服器第一隻滿等的寵物。

葉千秋跟蘇輕偶爾需要什麼特殊的材料時，都會央求牠順路帶回來，只是人家大爺高傲得很，十次也沒有一次會答應。

葉千秋好幾次威脅要把牠賣了，最後也成了放羊的孩子，陰離根本不怕。

而玄明則是徹底懶上天了，牠徹底落實「寵物」二字，吃了睡、睡了吃，食量還極大，好幾次蘇輕都眞的想把牠賣了，又覺得人家好歹是仙人，至少留點面子。

❖

今天對於剛滿十五等、終於可以開啟傳送陣的蘇輕跟葉千秋來說，是個大日子。

他們兩個還穿著新手服裝（外加一件袖子不等長的羽毛外袍）的新手玩家，竟然將初始的生活技能都練完了。

「要不是新手村裡面沒有生活技能的導師，我看我們倆得一輩子窩新手村。」

一個月過去了，葉千秋百感交集，上輩子她恐怕還沒在新手村待超過三十分鐘吧。

「放心，大爺我現在會做十四道料理，燒、烤、煎、煮、燉樣樣精通，還會釀兩種酒，去哪都餓不死妳的！跟好了！」蘇輕拍拍胸脯，豪情萬丈。

他將這十四道菜練得爐火純青，達到系統認可的完美一百分，要說不好吃，那還眞是違心之論。

他說得闊氣，好像天下金山銀山都在他手上，葉千秋忍不住笑了。她拉拉蘇輕的袖子，「知道了，出去再幫你做一件鳳凰罩衫吧！就知道你孔雀命，穿得五顏六色都不嫌刺眼。」

蘇輕嘿嘿一笑，臉上微紅，桃花眼微微上揚，一眼就是醉人的春風。

他牽起葉千秋的手，一起開了傳送陣，選定了傳送地點。湛藍光芒一閃而過，兩人兩小獸的身影消失在原地。

第五章

葉千秋跟蘇輕抵達了第一個城鎮，烈焰之城。

在遊戲中，玩家需要遠距離移動的時候，通常都是選擇使用魔法神殿在各城鎮中建立的傳送陣，只要付給傳送師相應的金幣，就能選擇要前往的城鎮。

烈焰之城是比較不受新手玩家喜愛的中型城鎮，原因很簡單，這裡除了極火礦以外，幾乎沒有什麼特產，因此導致生活玩家稀少，而生活玩家稀少，戰鬥玩家得不到補給，自然也不那麼愛來。

但蘇輕自己認定的原因是，這裡的景色太醜了。

除了連綿的沙漠跟不知道何時會噴出火焰的巨石外，就只有滿地的火蜥蜴還有毒蠍跟蛇。他上輩子被霜月逼著幾乎將每張地圖都背了下來，也沒真正來過這麼醜又這麼貧瘠的地方。

不過他們沒得選，前往越富饒的城鎮傳送費用越高，他們兩個存了好久才勉強存夠飛到烈焰之城的旅費。

「我們還剩下多少金幣？」

蘇輕看著路旁的烤肉攤，吸了吸口水。他之前會做的料理到這裡完全派不上用場，因為沒材料。在他學會這裡的肉類烹調方式前，他跟葉千秋只能啃包子。

「不多了。」

葉千秋皺眉。雖然知道離開新手村是勢在必行，但一離開新手村就傾家蕩產的滋味實在不好受。

「夠買兩串烤蜥蜴肉不？」

蘇輕狠狠擦了一下口水。這蜥蜴肉香啊！烤得油滋滋，還散發出一種微辣的香氣，一口咬下不知道多帶勁。

「夠。買四串吧！」葉千秋掏出最後四枚金幣遞給蘇輕，兩人兩獸各分到一串烤蜥蜴肉，一起蹲在街角吃得開懷，連一向走酷炫狂霸拽路線的陰離，吃完後都著急地飛出去，想要狩獵火蜥蜴。

但飽餐一頓後，葉千秋跟蘇輕真的身無分文了。

「怎麼辦？」蘇輕靠在街角的牆邊，要不是遊戲中不存在施捨這件事，他都想把碗拿出來擺在面前了。

「解任務唄，還能怎麼辦？」

葉千秋拍拍身上的灰塵，玩個線上遊戲還得洗衣服，他們恐怕是全遊戲最悲慘的玩家了。

不過到了新手村以外的地方，就不愁沒有賺錢的辦法。

上輩子只差沒鑽進錢眼裡面的葉千秋，很快接下烈焰之城的連環跑腿任務。這種任務流程非常繁瑣，都說了是跑腿，就是要讓玩家在各大NPC之間跑得團團轉。

不過如同蘇輕說的，別的玩家一天頂多十二個小時在線，但這個遊戲就是他們唯一的世界，因此他們二十四小時在線。

他們吃飯能累積經驗值（練烹飪）、走路也能累積經驗值（跑腿任務），甚至晚上睡覺也能累積經驗值（租旅館經驗值會緩慢上升），在這種狀況下，他們很快又安居樂業起來。

幾天後，他們嫌租旅館太貴，跟城東一個關係不錯的的老婦人NPC租了她屋裡後邊的一個小房間。房間不大，不過擺兩張單人木床還綽綽有餘，而且外面的火爐能夠使用，讓蘇輕可以不用再天天跑烹飪導師那借火爐煮飯。

但說得這麼簡單，要跟NPC打好關係也不是那麼容易，他們都知道葉千秋跟蘇輕是來自異界的冒險者，跟一般玩家不同。

在世界法則的放任之下，這些NPC對於他倆的敵意都相當強烈，要不是還摸不準上神的意思，恐怕會連任務都不肯發布給他們。

所以，葉千秋能夠跟這老婦人打好關係，甚至租了她家的一個房間，純粹是運氣。有一次，她出去摘練生活技能要用的桑葉時，發現了一個關於老婦人的任務，任務的內容是，把老婦人迷路的小孫女兒從森林深處帶回來。

說實話，這種任務，上輩子的葉千秋瞧都不會瞧一眼，畢竟NPC老是四處遊蕩，每個任務都要解的話，哪來那麼多時間？

然而這輩子的葉千秋不僅身在遊戲中，還沒得下線，她再怎麼狠心，也無法眼睜睜看著小女娃在即將天黑的森林裡哭個沒完。

再說，小女娃讓她想起了陰慕雪。

她脫離了疫鬼之身，一直幫陰慕雪尋找疫鬼替代役的鬼主也被困在這裡，那孩子不知道是在命運的淬練中成長了，還是在暴烈的疫氣中夭折了。

葉千秋搖頭，那些前塵往事，即使她有心想銘記，卻也越來越模糊。她跟蘇輕定居在這裡將近三個月，生活雖然不太好過，至少有魚有肉。她現在的目標只有一個，幫蘇輕做一件鳳凰罩衫。

只是，火鳳凰住在火山口，那裡終年高溫，光是爬到半山腰，葉千秋就覺得自己快熟了。

而且火鳳凰數量稀少，平常要遇見一隻都已經很不容易，更別提湊齊鳳凰罩衫的原料——九十九根鳳凰羽毛。

葉千秋表面上沒說，心底卻暗暗著急，她一定要完成答應過蘇輕的事情。蘇輕從人間找到冥界，說什麼都要履行對她的承諾，那她又怎麼可以不兌現這個小小的諾言？

一天夜裡，葉千秋偷偷摸摸地起床。她跟蘇輕分床分被，她以為自己動作很輕，沒想到才剛走到副本入口，就看到蘇輕惡煞般站在那裡。

「……你在我身上放了偵察蟲？」

偵察蟲是獵人的特殊寵物，可以追蹤玩家或者怪物，一隻蟲的使用時限差不多半天，可以橫跨地圖，是打不過逃跑後烙人回來助陣的最佳幫手。

葉千秋拉了拉衣領，她不怕蟲，當初三日一痛的時候，她還能靠著研究蟲的種類來轉移注意力，但要是有蟲在自己身上，她仍不免會覺得有點噁心。

蘇輕的臉色又更黑了。「我看起來像是轉職成獵人的樣子嗎？」

「也是。」葉千秋點點頭，「要轉職得拿回黑暗巫妖的頭顱，才能夠洗去原本的職業天賦，你這麼怕死，哪可能做到？」

「葉千秋，我殺了妳！」蘇輕撲了過來，掐住葉千秋的脖子，「妳答應過我什麼？嗯？不打怪不接戰鬥任務！那妳現在又要去哪裡？」

葉千秋被晃得頭暈，趕緊左右看了一下，這才反手拍開蘇輕。

「你瘋了？」她厲聲說。

他們很少在外面做出這種「高難度」動作，畢竟這裡已經是中型城鎮，一般玩家多如牛毛，要是發現他們可以做出遊戲內不支援的動作指令，恐怕會引起騷動。

他們現在只想安安穩穩生活下去，什麼出風頭、刺激、危險，都離得越遠越好。也因爲這樣，兩人在家裡以外的地方通常都走得像是機器人，一步一踏，說多僵硬就有多僵硬。

好在遊戲裡的人物小小一隻，從畫面上看來頂多能夠分辨出裝備品項，人物表情或者細微動作什麼的，要把畫面拉得極近才看得清楚，他們又特別小心，至今還沒出過什麼差錯。

但今天蘇輕是眞的氣得無法克制了。

他本以爲葉千秋是要做什麼偷雞摸狗的事情，沒想到這女人這麼狠，一個人單槍匹馬就想殺進烈焰之城難度最高的副本，鳳凰重生。

「給我老實說，妳到底要進副本幹什麼？我們現在不缺錢，還有個能遮風避雨的地方，妳到底還有什麼不滿意的？」

蘇輕幾乎是從牙縫中擠出話來，盛怒之下掩蓋的是他的傷心以及無能爲力。

在這裡，他不是天狐了，不能護著葉千秋，不能豪氣地說，就算天塌下來，都有大爺我幫妳頂著。

他傷心到炸毛了。

面對蘇輕的怒氣，葉千秋有些意外。她隱約知道蘇輕鑽牛角尖了，卻不知道怎麼安慰他。她一直以來都是一個人，就算是紅鬱姨還在的那段時間，她也不是什麼事情都會跟紅鬱姨報備。

受傷了，能自己撐過去的就撐，不能的就去紅鬱姨家門口暈，醒來被罵一罵就好了。紅鬱姨雖然疼她，卻也不曾干涉過任何一次。

然而現在，眼前有一個人爲了她，氣得不斷打哆嗦，蘇輕那張臉好似滾著陰雷，上揚的桃花眼氣得都紅了。

葉千秋的思緒轉了幾圈，決定還是坦誠以對。

「這個副本裡面有隻鳳凰。」

「哦？所以呢？殺掉牠可以得到什麼珍貴的武器還是裝備？妳是缺錢還是缺衣服？或是忽然想抓一隻鳳凰關在家裡玩？哦，不好意思，我們可能養不起啊！」蘇輕嘴賤模式全開。

葉千秋也沒動怒，只是看著泛著淺藍色光芒的副本入口。

「依照劇情，只要有玩家進入副本，鳳凰就會進入涅槃模式，全身的羽毛會換過一輪，從一般的火鳳凰羽毛換成重生之羽。」

「……所以呢？」

蘇輕愣了一下，口氣軟了下來。葉千秋該不會是為了……

「我想去撿個便宜，看能不能在牠換毛的時候撿幾根羽毛。」

葉千秋垂下眼簾，聲音平淡如常。她以為她自己會有什麼複雜的情緒，像是難為情或者是暴躁，畢竟她第一次這麼直接地面對自己的無能為力。

她一直以來都以很倔強的姿態活著。

蘇輕徹底愣住了。

他聽著葉千秋平靜的聲音，心裡一陣發酸。他要葉千秋當個遠離戰場的生活玩家，可這是葉千秋想要的生活嗎？

他忽然衝動起來，一把拉住葉千秋，惡聲惡氣地開口。

「不就是幾根鳥毛嗎？走，我們現在就去！不用等牠掉，我們拔光牠的毛！全部拔光拿來做衣服，剩下的塞進枕頭裡面躺，老子也爽！」

蘇輕喊得激昂，葉千秋卻有些猶豫。

「我的計畫很完善，一個人去還有機會活著回來，但如果帶上你這個拖油瓶，我看還是……」

「想都別想！」

蘇輕用力瞪著葉千秋，她只好幽幽嘆口氣，拿起包裹裡的哨子用力一吹。這是寵物之哨，他們特地去跟NPC買的，能把某隻永遠不知野到哪裡去的小龍叫回來，也能把某隻睡得昏天暗地的小龍叫醒。

尖銳的哨音破空而去，幾分鐘後，兩隻小龍翩然而至。牠們姿態優雅，已經脫離當初毛都沒長齊的醜陋模樣，現在牠們身體修長，皮膚表面覆蓋著厚實的短絨毛，眼珠漆黑如星、尾翼揚起，充滿了力量與美感，不愧為寵物中的最強種族。

只是現在兩獸明顯怒氣沖沖，面目猙獰。

陰離剛剛正在埋伏一隻肥美的火蜥蜴，眼看就要得手，卻被哨聲驚擾。牠本來不想理會，又怕那兩個自己沒看在眼裡的主人掛了，牠將不知得流落何方。可是趕來才發現這兩個傢伙好端端的，還能站著說話喘氣，一點事都沒有。

玄明則是睡眼惺忪，眼睛都睜不開，牠懨懨地垂下翅膀，打了個哈欠，大嘴擱在蘇輕腦袋邊，大有「你不說個原因讓我滿意，我就把你吞了」的意味。

「大家聽好了，現在是關乎我們這一家生死存亡的時刻。」蘇輕把哨子扔回包裏，開始循循善誘。

「大家都知道，我們可以在這個亂七八糟又莫名其妙的世界裡存活下來，靠的是團結與努力。現在，就是展現我們之間堅定羈絆的時候了！」

蘇輕說得慷慨激昂，但陰離跟玄明已經準備起飛，連葉千秋都打了個哈欠。

「喂喂喂！給我一點面子啊！」

陰離的後爪已經離地了。

「火烤蜥蜴肉串大餐！」蘇輕用力大喊。

兩隻小龍一瞬間停在半空中，彼此對望一眼，揮揮翅膀，示意他繼續說。

「只要我們能夠通過這個副本，我就做一頓火烤蜥蜴肉大餐，你們想吃多少就吃多少！」蘇輕用力拍胸脯，「至少十隻火蜥蜴！」

兩隻小龍轉了個身，呼嚕呼嚕地用龍語交談了半天，接著，玄明伸出翅膀在沙地上寫了個100。

「搶劫啊你們！」

兩隻小龍作勢離去。

「好啦好啦！一百隻就一百隻，先說好，我要分期付款喔！整個烈焰峽谷裡面的火蜥蜴都沒有一百隻吧！」

兩隻小龍猶豫了一下，終於點點頭。

❖

走在炙熱的岩漿洞裡，葉千秋熱得全身難受。

身上一層又一層的汗，讓她的感官敏銳度降低了好幾個層次，她聽不見怪物的足音，也聞不到怪物身上的腥臭味。

耳邊全是岩漿沸騰冒泡的聲音，鼻尖只有焦灼的硫磺味。別說提前發現怪物的蹤跡了，她連自己的弓箭能不能射準都不知道。

只是，她現在擔心的是另外一件事。

她低聲問：「蘇輕，你什麼時候學會的？」

蘇輕也熱得全身是汗，他最討厭把自己搞得黏答答又髒兮兮了，因此情緒暴躁無比，根本沒聽清楚葉千秋在說什麼。

「學會什麼東西？」

他皺著眉頭跨過一個充滿岩漿的坑洞。

「火烤蜥蜴肉串。」葉千秋的聲音更低了，「你說要做給牠們的。」

她指著前方正在開路、不斷賣力噴著龍息的兩隻小龍，聲音壓得很低很低，幾乎被沸騰的岩漿聲掩蓋過去。

葉千秋會這麼擔心不是沒有原因的，她跟蘇輕朝夕相處，蘇輕漲了多少經驗值、學會了什麼技能，她清清楚楚。她壓根不記得蘇輕學會了這道菜啊！

而且據說要獵殺三百隻火蜥蜴，才能跟城中的NPC換取這道菜的食譜。

「哦，妳說那個啊。」蘇輕點點頭，「沒學會啊！」

「什麼？」

葉千秋瞬間大驚。「你不怕牠們兩個生氣？」

「生氣就生氣，又咬不到我。」

不能怪蘇輕這麼有恃無恐，前面說過，寵物是不能傷害主人的。

但這建立在一個基礎上，寵物對於主人的忠誠度不能是負數，而這兩隻小龍跟他們本來就不親，忠誠度一直都在10%～15%之間徘徊。

玄明的忠誠度高一點，因為牠還得靠蘇輕餵食；陰離的忠誠度就低多了，偶爾還會降到10%以下，葉千秋有時候都在想，這傢伙會不會哪天就再也不回來了。

總之，寵物的忠誠度要是降到了零以下，就有可能叛逃，甚至攻擊主人。葉千秋記得曾有人抓了一隻黑暗妖姬，結果因為忠誠度過低，反而被黑暗妖姬綁回去看家的慘烈事蹟。

「你這次完蛋了。」她下意識地遠離蘇輕一點。

「爲什麼會完蛋？牠們還眞的能吃了我不成？」

在蘇輕心中，這兩隻龍就是世界法則給他們的，平常沒戰鬥時就當作白養著，現在上戰場了，當然是養兵千日，用在一時。

「……走吧，要過副本的第一個關卡了。」

葉千秋不說話了，她看著前方奮力工作的兩隻小龍，心裡默默爲蘇輕哀悼。希望牠們明白冤有頭債有主，不要將這件事牽扯到她身上。

蘇輕不明白葉千秋的反應是怎麼回事，不過的確沒時間閒聊了。

命運這款遊戲的副本比較刁鑽，有時候不是靠暴力碾壓就可以通過，必須觀察周遭的地形跟環境，好好達成副本的條件才能通關。不然就算等級全滿、裝備亮晶晶，也可能會死在異想天開的陷阱裡。

好在葉千秋來過這個副本，而且這裡是新手村的下一個中型城市，難度還不高。兩人眼前出現無數格子，過關的方法很簡單，只要踏著對的格子往前跳，就能抵達對面山谷。

其實踏到錯的格子也不會怎樣，頂多召喚出野生怪物或者被湧上的岩漿燙個半熟。

兩隻小龍一見這陣仗，先是交頭接耳一番，然後直接振翅往對面飛去。

牠們一去不復返，還在另一頭搔首弄姿，氣得蘇輕跳腳大罵，「喂喂喂！說好了通關才有火烤蜥蜴大餐啊！你們兩個這是半途而廢，半途而廢！」

他還想再喊，葉千秋卻按住了他，指指格子底下。

蘇輕順著向下望，格子下深不見底，漆黑一片，彷彿能把人的靈魂吸進去。他忍不住一抖，要不是葉千秋拉得及時，他恐怕直接栽了。

「他娘的……」蘇輕罵罵咧咧，不敢再指望小龍帶他過去了，兩隻小龍要是一個鬆嘴，他大概就要魂歸離恨天。

「跟上吧！」

葉千秋不管心裡已經在打退堂鼓的蘇輕，一躍而上，穩穩地站在第一格。她動也不動，片刻後仍安然無恙。

「看吧，走對了就沒事。」

「那、那走錯了呢？」

「總之摔不死你。」葉千秋懶得解釋，她很快地又跳往下一格，「快跟上，免得你待會忘記順序，踩錯格子。」

「知道了啦！」

蘇輕只能硬著頭皮跟上，現在回頭明顯是不實際的，而且葉千秋說什麼也不會放棄。他咬牙往前一跳，發現倒是沒想像中的困難，而且依循著葉千秋踏過的格子，基本上可以保證安全無虞。

雖然葉千秋的記憶也不是絕對可靠，但除了經歷七隻岩漿怪、十二次岩漿澡，還有偶爾會飛過來偷襲他們的蝙蝠以外，一切算是順利。

兩人抵達對面的時候，兩隻小龍已經不耐煩地哼哼唧唧了，葉千秋跟蘇輕只好繼續趕路。路上的怪明顯多了起來，不過陰離可不是吃素的，一口龍息一隻怪。

葉千秋跟蘇輕走得不算慢，甚至比她上輩子組隊來推這個副本時都快，只能說，有一隻逆天的寵物果然是每個小說主角的夢想。

只是她這隻寵物毛病多了點，上輩子還曾經禍害她，讓她心裡有些五味雜陳。

這次要不是蘇輕堅持跟來，她或許寧願不倚賴陰離的力量。

葉千秋跟蘇輕一路跟著，還不忘採集跟挖掘，他們挖了一些極火礦，打算回去用來鍛造首飾，畢竟葉千秋的副修生活技能是金工。

雖然不知道是不是欠缺天分，葉千秋現在做的首飾還醜得沒人敢戴上，蘇輕更是每每看到成品便摀住眼睛。慘不忍睹啊！

「門後面就是鳳凰所在的地方了。」

葉千秋把手放在門扇上。

他們走了大半夜，終於站在鳳凰老窩的門前。這隻鳳凰也頗奇怪，人家鳥窩都築在樹上，牠的鳥窩卻偏偏在這扇金門後方的大廳中央，或許這就是遊戲BOSS的傲嬌，不能以常理判斷之。

蘇輕小心翼翼地開口。

「咱們……沒有要打死牠吧？」

雖然他跟那兩隻傻龍說要通過副本，不過那只是隨口胡說的，經歷了一路上的凶險，他現在只想撿完鳥毛趕快回家睡覺。

葉千秋搖搖頭，「鳳凰的大絕招是全範圍攻擊，我們根本閃不過，現在等級跟裝備都不好，在牠涅槃重生結束之前，我們一定要走。」

蘇輕心中的大石頭終於落下。

「早說嘛！」他用力地拍了拍葉千秋的肩膀。

「我一開始不是就說了嗎？根本不會有危險，只有你在瞎緊張。」葉千秋瞪了他一眼，用力向前一推金門。

門被緩緩推開，葉千秋抓緊時間對兩小龍開口。

「待會你們待著別動，牠涅槃重生需要一分鐘左右的時間，我跟蘇輕抓緊機會撿地上的鳥毛，時間快到之前我們會立刻撤退，你們也趕緊跟上。」

小龍們滿不在乎地點頭。不用上工就有烤肉吃，最好不過！

大門完全開啟，大殿上的鳳凰沖天而起，憤怒長嘯、振翅猛揮，引起了狂風跟烈焰，口吐人語：「大膽人類，竟然擅闖聖地，看我如何教訓你們！」

說完這句，半空中的牠渾身起火，準備開始涅槃重生。

葉千秋跟蘇輕立刻衝上前去，撿起地上的鳥羽就往包裹裡面塞。他們也不分長短粗細，只要是鳳凰鳥毛就是好毛！

「欸，妳說這鳥是不是傻子？牠涅不涅槃都能把我們一巴掌搧死，幹麼還涅槃重生，這不明擺著脫褲子放屁？」

葉千秋白他一眼，懶得回話，也只有這傢伙在這種時候還有心情聊天。

很快，一分鐘的時間就要過了，鳳凰即將重生完畢。

葉千秋跟蘇輕在剩兩秒時拔腿落跑，他們一躍而起，奔向金門，可是事情沒這麼簡單。他們推得手臂青筋畢露，金門仍不動如山。

聽著身後的鳳凰長嘯聲，連陰離跟玄明都貼在金門上瑟瑟發抖，蘇輕慘白著臉看向葉千秋，「妳不是說妳的計畫很完善？」

葉千秋一臉黑，「……我上輩子還沒逃跑過。」

「所以這他媽的就是一個根本禁不起實踐的計畫啊！」

蘇輕狂吼出聲，身後的鳳凰高速俯衝下來，一陣陣火熱的焚風襲捲而來，他們忍不住慘叫出聲，「啊啊啊啊啊啊！」

蘇輕閉上眼睛，感覺到自己的頭髮都要燒焦了。

不知道是不是世界法則又幫他們作弊了一回，在淒厲的慘叫聲中，刺眼的強烈白光一閃而過，兩人兩獸頓時消失在原地。

高速俯衝而來的鳳凰砰的一聲撞上厚實的金門，撞了個頭昏眼花、眼冒金星，於是氣得在窩裡亂飛，搗毀一切看得見的東西。

第六章

事實證明，世界法則很有原則，他老人家說不干涉就不干涉，就算葉千秋跟蘇輕要掛了，他也沒吭一聲。

這次葉千秋跟蘇輕能夠死裡逃生的原因很簡單，新手保護。

這款遊戲對於新手還是有一些寬待，前期解任務得到的經驗值優渥不說，十五級之前還有新手保護，血量低於一定程度就會自動被傳送回村，免得新手玩家一開始就遭受巨大挫折，惱羞成怒刪帳號。

葉千秋跟蘇輕雖然已經升上三十等，早就脫離了新手時期，但因爲他們一直小心翼翼、貪生怕死，所以連一次都沒死過。

因此，在他們第一次面臨生死存亡之時，系統大神自動啟動了只能使用一次的救援機制。

當他們雙雙躺在城內的地板上，看著人來人往的後腳跟時，耳邊同時響起系統甜美的提示聲：「已超過新手保護等級，此後將開啟死亡機制與懲罰。」

葉千秋那個恨啊，早知道十五等之前死不用怕，那幹麼還小心翼翼？她就可以大殺四方，拚命賺錢！

難怪新手村那個骷髏王族的副本難度高得變態，在新手保護的機制下，其實玩家根本就不會死。

葉千秋想到這裡又更加憤恨，於是踢了蘇輕兩腳。「都是你！」

蘇輕躺在地上，還有些恍神，他剛剛以爲自己死定了，直到耳邊響起系統提示聲，他才敢轉頭看看葉千秋還在不在自己身邊。

他被嚇得狠了，連說話都有氣無力，「得了吧妳，新手保護才到十五等，妳是能在新手村搞出什麼名堂？」

「我可以刷一百顆綠毛蟲BOSS的珠子來賣！不只這個，還有山豬BOSS的獠牙、野熊BOSS的胸毛……」

葉千秋一一數著，心疼無比。

「難道打倒BOSS沒經驗値嗎？妳打了一天綠毛蟲才能刷到一隻BOSS，而光是這樣咱倆就要超過十等了，還指望在新手保護下打到一百顆？」

蘇輕嗤笑一聲，也不等葉千秋回話，一個打滾爬了起來，自顧自地走回家，爬上床蒙頭大睡。

其實他很糾結，他知道葉千秋完全不需要他呵護，但他就是害怕。

上一輩子他舉目無親，仇人倒是不少，別的不說，天上那群鳥人應該都想除他這隻黑狐而後快。

他以前很怕死，覺得死了就什麼都沒了；現在他更怕死，怕要是死了，就再也見不著葉千秋一面。

看不到她倔強的樣子、看不到她暴力的樣子、看不到她的不耐煩、看不到她罕見的笑容，蘇輕覺得自己的心都痛了。

可是他又能怎麼樣？

他想把葉千秋當成蝴蝶養，人家也不願意。再說，上輩子逃難的時候，他看著葉千秋蒼白又虛弱的模樣，不是曾發誓過，只要能換回活蹦亂跳的葉千秋，要怎麼樣他都願意嗎？

只是，這個願意原來是要他捨得。

捨得放葉千秋這隻老鷹去飛。

葉千秋不是屬於他的蝴蝶，是天空中翱翔的蒼鷹。

蘇輕蒙頭大睡，他心裡有結，想不開就睡，某種程度上也是一種逃避。連兩隻小龍拚命在他身上跳，他都能繼續呼呼大睡。

直到葉千秋捧著鳳凰罩衫坐到他床邊，蘇輕才迷迷糊糊地睜開眼睛。

他一張開眼便差點被閃瞎，七彩流光、成色萬千，這鳳凰罩衫穿上去之後，真的能活生生成爲一隻鳳凰了。

他睡得久了，聲音有點啞，「妳學會了？」

葉千秋點頭，眼底都是血絲。鳳凰外袍的材料不只有九十九根火鳳凰羽毛，還需要烈焰針、火鼠皮、木棉果、蜥蜴血……

不多，大概三十樣左右。

葉千秋身爲生活玩家，除了採集類的材料能夠自己找到以外，其他都要靠拍賣場，而且學習一項新的製作項目時，失敗機率特別高，鳳凰罩衫又是中等級別的製品，蘇輕都不敢猜測她失敗了幾件。

「妳做了幾件？」

蘇輕拉起葉千秋的手。在這裡，一切都是那麼眞實，葉千秋手上的傷痕也那麼眞實，眞實得讓他心痛。他摩娑著葉千秋指腹上的傷疤，坑坑洞洞、大大小小。這雙手拿刀跟拿針，竟都帶給他同樣的滋味——心疼。

「十幾件吧，其他的都失敗了，老師不讓人帶走，全燒了。」葉千秋口中的老師是烈焰之城的裁縫導師，跟新手村那位不一樣，這位手藝好一點，可以教導學生中級裁縫，但脾氣也更爲暴烈，只要成品有一點瑕疵就不讓學生帶走，統統扔進火爐裡燒了。

葉千秋在新手村做的那兩件袖子長短不一的羽毛衣，要是由這位來鑑定，大概會被判定爲失敗品。

葉千秋說得很平靜，她甚至慶幸至少還成功了一件。只要一件，就能實現她對蘇輕的承諾。

蘇輕沒說話，乖乖從床上爬起來，接過鳳凰罩衫，「我睡了多久？」

「十天。」葉千秋看著蘇輕穿上她這十天來唯一的成果，忍不住皺眉。好醜，眞的好醜，什麼顏色都往身上套，活像深怕別人不知道自己是孔雀。

可是也好漂亮，蘇輕就適合這種大鳴大放的張狂。

「十天也沒餓死我？」蘇輕大感驚訝，不過他一站起來便險險跌倒，才知道自己其實虛弱不堪。他轉了一圈，心滿意足，看著鳳凰罩衫下襬飄飄，覺得自己再好不過。

他想通了，葉千秋不能當他的蝴蝶，他就當葉千秋的蝴蝶吧！

他們兩個還有什麼好計較的？

想到這裡，他壓上葉千秋的肩膀，換來對方抬眉。

「葉千秋，以後我就是妳的蝴蝶了。」

葉千秋險些沒岔氣，這傢伙是睡壞腦子了？

蘇輕又摸了摸葉千秋的臉，讓她起了一陣近似於惡寒的雞皮疙瘩。

他深情款款，「妳要是死了，我就替妳殉情啊！」

葉千秋連話都說不出來了，心裡只有一個念頭——這傢伙的腦子終於壞了。

❖

蘇輕遭遇到了史上最大的危機。

危機來自於兩隻睚眥必報的貪吃鬼。

基本上，葉千秋跟蘇輕這兩個肩不能挑、手不能提的生活玩家，能在鳳凰副本裡面走到最後、看鳳凰表演涅槃重生，最大的功臣無疑是那兩隻小龍。

雖然人無信是畜牲，但蘇輕本來想說畜牲就畜牲了。他是天狐，可不覺得當人類有比較高貴一點。

然而，兩隻小龍鐵了心要討得自己的報酬，不僅沒有如葉千秋所預料的叛逃，還堅定不移地跟著蘇輕，說什麼都要吃到火烤蜥蜴肉大餐。

蘇輕偷偷想著，難道換個身分或換個環境，就會連脾性都改了嗎？誰來跟他說說，為什麼曾經的冥界鬼主跟仙人之首會這麼貪吃？

不過也不能怪陰離跟玄明，牠們上輩子什麼山珍海味都吃過，口味早就被養得極刁，根本吃不慣遊戲裡的飯菜。現在蘇輕允諾了要做火烤蜥蜴大餐，卻打算裝死不回應，這種事情牠們絕對不能忍！

陰離跟玄明因此結成討債同盟，牠們也不吵不鬧，畢竟蘇輕聽不懂龍語，可是牠們時刻跟在蘇輕後頭，無論他是練技能還是吃飯、睡覺、上廁所。

兩小龍散發著怨恨、憤怒、憂傷等各種情緒，活像兩個背後靈。

蘇輕也不是沒妥協，他花光了私房錢，買了好幾串火烤蜥蜴肉給牠們，不過兩隻小龍表示勞務與報酬差距過大，拒絕接受。

蘇輕實在沒辦法，最後只好跟葉千秋一起去狩獵火蜥蜴。

他們浩浩蕩蕩前往火蜥蜴的出沒地，打算獵殺完三百頭火蜥蜴好換取食譜，兼收集火蜥蜴肉。

說是這樣說，堅持自己是生活玩家的蘇輕，只願意負責採集蜥蜴肉。現在債多愁死人，他也不管什麼形象了，玄明負責引來火蜥蜴，陰離負責主要輸出，而蘇輕就負責割肉採集。

一隻火蜥蜴大概可以採集到一、兩塊肉，很費時間，但蘇輕沒別的選擇。

至於葉千秋？她在專心致志地打磨自己剛鍛造出來的戒指。

「妳不打怪嗎？」

蘇輕摸摸鼻子，趁著小龍休息的空檔來到葉千秋身旁。

葉千秋坐在沙漠裡的一處綠洲上，臉上戴著防風沙的面紗，身上一襲水色長裙（她做的褲管總是一長一短，連她自己都不好意思穿出門），腳下穿著系統送給新手的涼鞋，露出了小巧圓潤的腳指。

沙漠泉邊，佳人低頭不語，遠看美得像是一幅畫，近看也是一幅畫，只是變成一幅佳人想吞了戒指的畫。

「不打。」

葉千秋回答蘇輕的問題，繼續敲著。

她就不信她的裁縫跟金工都這麼悲劇，做出來的東西不僅醜，還素質低落到丟拍賣行都沒人會看一眼。

葉千秋彷彿跟手上的戒指有仇一般，就著泉水邊的大石一下一下用力敲著，結果還沒敲出自己想要的形狀，戒指就被敲斷飛了出去，劃出一道拋物線落進水池裡。

葉千秋跟蘇輕同時靜默。

葉千秋是氣得說不出話來，蘇輕則是覺得自己不要說話比較好。

「我上輩子還打出過紫色戒指，這輩子卻連一個佳品都打不出來！我現在已經不要求顏色了，只求能賣錢啊！」

「我覺得……妳太大力了……」

蘇輕小心翼翼地開口。雖然他沒學金工方面的生活技能，可他覺得面對這種東西應該得耐心琢磨，葉千秋打戒指活像對付殺父仇人，無法成功也是意料之中。

葉千秋惡狠狠地瞪了過來，把背包裡的原料跟錘子全塞給蘇輕。

「你行你來？」

蘇輕捧著這堆原料，默默無語。大姊，我沒學金工啊！

他摸摸鼻子，轉移話題，「別練這個了，去打怪吧，我們得湊三百隻呢。」

葉千秋不解地看他一眼，「你真的生病了？」

蘇輕抹了抹臉，他要是每句話都跟葉千秋認真，大概已經被氣死了。「我想通了，妳想做什麼就去吧！妳那麼會玩遊戲，要不是一直被我攔著，早就已經幹出一番大事業了。」

葉千秋似笑非笑地看著他。

「我在一堆數據裡幹出一番大事業做什麼？」她站了起來，伸手搭上蘇輕的肩膀，兩個人一瞬間靠得很近，「而且我現在想做的事情，只有陪著你。嗯……如果可以再看到你變成天狐的原形，那就再好不過了。」

葉千秋說完，拿起自己的弓，往小龍那裡走去，留下紅了一臉的蘇輕站在原地。

他被這個女人調戲了？

蘇輕忽然有種悲憤的感覺，他把腦袋浸到泉水裡憋了一陣子，才甩甩頭，走到葉千秋跟兩隻小龍身邊。

葉千秋接替蘇輕的位置，開始對火蜥蜴屍體進行採集。她刀法俐落，下手快狠準，蘇輕一次最多只能採到兩塊，葉千秋卻硬是能採到五塊。

「嘖嘖嘖，我們是不是該交換一下生活職業？」蘇輕嘖嘖稱奇，「妳這女人就是適合拿刀啊！」

「你的意思是，我這個人暴力、凶狠、不溫柔？」葉千秋微微揚眉，掃了蘇輕一眼，蘇輕立刻打了個寒顫。

「不不不，做飯這種事情還是讓小的來就好。」

他立刻全心投入在採集蜥蜴肉上，今天葉千秋火氣有點大，他千萬不能輕易去捋虎鬚。

他們太專心了，專心到幾乎忘記注意周遭的動靜，在手起刀落的重覆流程中，一個接近透明的身影忽然在他們身前不遠處開口。「你們在做什麼啊？」

蘇輕被嚇了好大一跳，往後跌坐在地上，「有鬼啊！」

葉千秋雖然面無表情，手上的匕首卻扎進虎口，流了一掌的血。

她默默把刀子拔出來，「這裡是遊戲世界，哪來的鬼？就算有鬼，也是能換經驗值跟寶物的怪！」

「對……妳說的對！」蘇輕拍拍胸口，瞪了白色身影一眼，頓時惡向膽邊生，「我警告你快滾喔！不然本大爺的刀子可是沒長眼睛的！」

白色身影笑了出來。

「你們不是說我是怪嗎？那還跟怪說話？」

白色身影緩緩浮現，原來是一名種族是夜精靈的盜賊。因為特別矮小，又搭配上夜精靈的天賦，讓她在隱蔽的狀況下很難被發現。

平常葉千秋為了防止被其他玩家發現異常，通常都會特別注意四周空氣的波動，以及地面上的腳印，但今天待在這麼寬廣的沙漠裡，又採集得累了，她便失去了一些戒心。

果然，那個白色身影頭上浮現暱稱，日光薄曦，是個嬌小的女孩子。

日光薄曦的聲音很好聽，嬌嬌脆脆的，又挺爽朗。

命運這款遊戲支援全線語音，只要打開喇叭，就可以聽見遊戲中所有玩家的對話，也可以用麥克風跟所有玩家交談。

當然，前提是對方有開啟公用語音頻道。

因為玩家太多了，一旦進入城鎮，各種湧來的聲音會讓人瞬間暈頭轉向，所以很多人都只開了好友語音頻道，屏蔽掉所有非好友的聲音。

可是葉千秋跟蘇輕沒得選，他們哪有什麼公用頻道還是世界頻道？要是有世界頻道，他們也不用天天在拍賣行搜刮材料了。

「你們為什麼可以做出那麼多動作？我只會這幾個。」

日光薄曦讓自己的人物做出鞠躬、揮手等幾個動作，聲音裡帶了點疑惑。

蘇輕渾身一僵。完蛋了，這次真的太不小心了。

他的腦子飛快地轉，試圖想出什麼話來糊弄這個看起來有點單純的孩子，但他還沒想好，葉千秋就開口了。

「系統Bug。」

說完這句話，她又蹲回火蜥蜴前面繼續採集大業。

出乎意料的，日光薄曦也沒說什麼，只是「喔」了一聲，就也蹲了下來，「你們在幹麼啊？」

旁邊的蘇輕差點栽倒，這樣也能瞞過？

「採集。」

既然對方都看到了，葉千秋也懶得僞裝了，她割肉割得正順手，割好了就直接包上葉子塞進包裹裡，雖然不衛生了一點，可是這裡當然不會有有保鮮盒。

日光薄曦好奇地看著葉千秋的動作，心想，爲什麼這兩個人可以進行這麼有趣的事情？

她操控著自己的人物嘗試，她可以蹲下、起立，卻沒有辦法割下火蜥蜴身上的任何一塊肉。

「爲什麼你們……」

「系統Bug。」

日光薄曦話都還沒有說完，葉千秋就用同樣的答案堵回去。

「那你們要這些肉幹麼？」

「練生活技能。」

「練生活技能要幹麼？想要料理的話，買就好了。」

「升等。」

「哇！那樣好慢的啊……怎麼不打怪？打怪比較有趣吧！」

「我們不能死。」

「騙人的吧？是某種特殊任務嗎？」

「嗯，系統直接發給我們的任務。」

葉千秋的回應半眞半假，日光薄曦一個問題接著一個問題，她似乎有些不滿意葉千秋的答案，卻也沒有出聲抗議，仍是一直跟著他們走。

她甚至因爲太無聊，還幫忙殺了好幾隻火蜥蜴，只是她跟葉千秋他們不在同個隊伍，就算她沒有在火蜥蜴的屍體上採集，葉千秋他們也沒法碰她打倒的怪。

她也不管，就一個勁兒地幫忙打，偶爾還會引怪過來，看著陰離跟玄明表演。

葉千秋和蘇輕發現，這小盜賊似乎跟定他們了。

「我說……妳沒別的事情可以做了嗎？」

蘇輕看著不知是第幾隻倒下的火蜥蜴，卻完全不能進行採集，終於有些忍無可忍。

他絕對不會承認，他其實是覺得自己跟葉千秋的兩人世界被打擾了。

「沒有啊！我滿等了。」日光薄曦不假思索地回答。

「那妳能不能去別的地方？」蘇輕耐著性子說，「妳看，這裡刷新火蜥蜴的速度又不快，我們純粹是因爲安全才會待在這，如果妳想打火蜥蜴的話，可以去沙漠中央，那裡有很多。」還有毒蠍。

蘇輕壞心地沒把話說完。

「爲什麼？反正你們也不靠打怪賺經驗値，有差嗎？」

「可是，小姐妳打死的火蜥蜴我們不能碰！既然不能碰，那就不能採集，不能採集，我們還練個屁生活技能啊！」

蘇輕咬牙切齒。

「啊！是這樣嗎？」

日光薄曦錯愕地喊了一聲，手忙腳亂地丟了組隊邀請過來，葉千秋跟蘇輕的耳邊同時響起系統提示：「親愛的玩家，日光薄曦玩家正對你發出組隊邀請，請問是否接受？請於十秒內決定。」

「是。」

「……是。」

感到有些新奇的葉千秋和心不甘情不願的蘇輕都同意了。

等級全滿的日光薄曦將小短刀揮得虎虎生風，雖然盜賊沒什麼範圍技能，不過她的優勢在於速度快，幾乎三秒就能解決一隻火蜥蜴。

在她的幫忙下，一行人殺了整整一天，累得蘇輕跟葉千秋抬不起手來，連陰離跟玄明都表示火烤蜥蜴肉串可以再欠兩天，牠們現在累得彷彿翅膀都不是自己的了。

只有日光薄曦還是精神奕奕，當然，從人物的模樣是看不出來的，但她的聲音還是輕快又好奇，「你們疲勞度過高了嗎？」

這款遊戲有疲勞度的設定，如果在線時間太長會受到懲罰。

會有這個設定，是爲了避免玩家長時間拚命打遊戲，讓社會對遊戲公司的觀感不會太差。大概要待上十二個小時左右，角色才會開始出現能力降低的狀況。

日光薄曦很常在線上待超過十二小時，卻不曾看過自己的角色跟葉千秋還有蘇輕一樣，累得抬不起腿來，只能拖著腳在沙漠裡走。

葉千秋這次連回答都懶，只是略微點了點頭，努力往城鎮前進。

即使一起打怪的隊友這麼冷淡，日光薄曦還是繼續跟著，見兩人走進NPC的家中，她下意識想跟進去，卻被系統阻擋在外面。

她只好站在窗外大喊，「你們怎麼進得去？我也要進去！」

蘇輕惡狠狠地拉開窗，「我們要睡覺了，妳進來幹麼？」

「睡覺幹麼去NPC家？我也要進去。」

「我們想找個風水寶地下線不行嗎？我跟妳說，在這裡下線經驗值多一倍，但妳沒接過這個任務，別想進來！還有，小姐妳問題也太多了，現在都大半夜了，快去睡覺行不行？」

命運內的時間流逝速度跟現實世界一樣，蘇輕他們今天從下午三點開始打火蜥蜴，一路打到了凌晨三點。

「我再問一個問題就去睡覺。」

「給妳三秒。」

「我起床後可以再來找你們玩嗎？」

蘇輕抹了抹臉，不知道爲什麼，雖然眼前的小盜賊面無表情，他卻覺得對方滿心期待自己點頭。

「好。」

蘇輕聽見自己這樣說，他猛地拉上窗子。可惡！他跟葉千秋的兩人世界裡不需要多一個拖油瓶啦！

第七章

隔天，葉千秋一走出家門就看到那個小盜賊可憐兮兮的蹲在路邊，一看到她出來便開心地打招呼。

「嘿，千秋！」

只差沒搖尾巴了這是……

葉千秋不禁扶額，乾脆轉身回去把蘇輕拖出來。冤有頭、債有主，誰答應的誰負責。她把日光薄曦扔給蘇輕後，就自顧自地去找技能導師。

她打了一整天的戒指，回來後發現小盜賊還是蹲在家門口，看到她回來立刻高聲打招呼，「千秋，妳回來啦！我跟阿蘇說好了，我們待會還要去打火蜥蜴。」

葉千秋頭上掉下幾條黑線。誰是阿蘇？

她轉頭看向屋裡黑著一張臉的蘇輕，用眼神詢問，蘇輕只是狠狠地瞪她。

葉千秋嘆氣，「這張地圖適合三十等左右的玩家。」

「嗯，我知道啊，我小時候來過！」

對啦！我們就是長不大，生活玩家錯了嗎？滿等就可以囂張了嗎？葉千秋心裡淚流滿面，臉上還是平靜無波，「我的意思是，這張地圖不適合妳。妳滿等了吧？應該可以去落日峽谷。」

「咦？妳怎麼知道？」

「我以前玩過法師。」葉千秋輕描淡寫帶過。

「哦。」日光薄曦也沒追問，有分身帳號的人很多，這不是什麼稀奇的事情，「可是我不想去。」

「爲什麼？」

「因爲我滿等了，不管去哪張地圖都一樣，經驗值又不會繼續上升。」

「妳可以打寶啊！」

「我覺得我的裝備挺不錯的。」

日光薄曦操控著自己的人物轉了一圈，她身上的布衣看起來不怎麼特別，色系以黑灰色爲主，但上頭的紋路隱隱泛著金色光芒，手上短刀的刀尖還透著黑色寒氣。

葉千秋只看一眼就知道，這套裝備包含武器在內，賣掉的話大概可以讓上輩子的她花半年。

「妳高興就好。」葉千秋無奈，只好轉身走回房裡，用眼神跟蘇輕溝通。

「千秋，妳不想跟我一起玩嗎？」

背後傳來可憐兮兮的聲音，她轉身，小盜賊自然還是面無表情，不過葉千秋張了張口，實在說不出趕人的話。

「沒有。」她搖頭。

算了，被發現就被發現吧。

到時要是眞的引起騷動，她跟蘇輕再躲起來。這遊戲世界說大不大、說小不小，要躲兩個人還沒有什麼問題。

只是蘇輕偷笑的模樣讓人很火大。

葉千秋跟蘇輕都點頭了，日光薄曦這條小尾巴便興高采烈地跟著，他們又回到火蜥蜴的出沒地帶，繼續採集的工作。

今天上午，蘇輕已經去領回那張得來不易的食譜，還把昨天採集到的火蜥蜴肉都烤完，讓這道菜的熟練度直接衝上了100%。現在蘇輕敢打包票，他做的烤蜥蜴肉串比城中攤販賣的還好吃。

兩隻小龍看著蘇輕的熟練度不斷上升，只差沒有口水流成河。

一個下午過去，當太陽下山時，他們湊齊了十人份的火蜥蜴肉。在小龍殷切的目光中，葉千秋順利升起營火，大夥全都坐在火堆旁看著蘇輕表演。

夜幕低垂，烈焰之城本來就是個溫差極大的地方，他們又在沙漠邊緣，風沙不斷吹著，葉千秋跟兩隻小龍都忍不住往火堆靠近。日光薄曦不懂為什麼，但小尾巴的職責就是要跟著，結果幾雙眼睛一起眨呀眨的，惹得被圍在中間的蘇輕發脾氣。

「幹什麼你們？餓死鬼投胎啊！」

蘇輕不耐煩地揮手，兩隻小龍卻越靠越近，嘴巴一張，各自吃掉了一串還沒烤好的火蜥蜴肉。

蘇輕氣得不輕，手上短刀一揮，「誰再偷吃，我就罷工！」

兩隻小龍面面相覷，用翅膀推了推對方，表示願意彼此監督，只求蘇輕繼續烤肉，蘇輕這才哼哼兩聲，姑且接受。

看著小龍互相擋住對方的身軀，日光薄曦忍不住笑出聲，「千秋，你們養的寵物也好好玩喔！妳去哪裡抓的？」

「系統送的。」

「這麼好！系統怎麼沒有送給我？」

「系統Bug。」

「哦……」日光薄曦一直看著陰離跟玄明，看得牠們都起了惡寒，先後掉轉龍屁股，換個方向繼續看蘇輕烤肉。

「好了！」

蘇輕擦了擦汗，從架子上拿下好幾串火烤蜥蜴肉，分給葉千秋跟兩隻小龍。只是分到日光薄曦的時候，他有些困擾地抓頭，「妳可以和我交易嗎？」

他跟葉千秋都沒有操作介面，自然也沒有組隊和交易的選項，不過昨天日光薄曦對他們發出組隊邀請過，說不定交易也可以。

「好啊！」日光薄曦丟了交易邀請給蘇輕，蘇輕看著她的人物伸出手，有些猶豫，最後還是把肉串交給她。

應該不會吃死人吧？

日光薄曦見自己的人物接過烤肉串，接著肉串馬上出現在背包裡的道具欄位，忍不住瞪大眼睛。交易不是要打開交易視窗，並進行雙方確認嗎？

「為什麼你可以直接拿給我？」

「因為我做的料理太好吃了，不需要系統認定，可以私下交易！」

蘇輕糊弄人都不用打草稿的。

「哦……」

「很香吧？快吃吃看好不好吃！」

蘇輕忍不住催促。他忘記了，對於日光薄曦來說，這只是一項外觀是料理的道具而已，現實中的日光薄曦不僅碰觸不到這串烤肉，也聞不到任何香氣，更遑論得知吃起來的味道了。

「好！」

但日光薄曦傻裡傻氣地對著火烤蜥蜴肉串點了兩下，看著烤肉串消失在道具欄，她眨眨眼睛，忽然感覺到了什麼。

淡淡的炭火味道，還有微辣的醬汁，以及彈牙多汁的口感……

「好好吃！再來一串！」她興奮地大喊，她好久沒有吃到這麼好吃的食物了。

蘇輕得意地挺起胸膛，「是不是？來！再給妳一串！」

他烤得開心，葉千秋卻微微皺起眉，察覺事情不太對勁。但她想，日光薄曦的語氣如此開心，或許人家只是逗著蘇輕玩。

她話到嘴邊，最後還是吞了回去。

葉千秋跟蘇輕看起來很不願意被日光薄曦跟著，不過其實兩人都是開心的。

日光薄曦是第一個接受他們的朋友。

葉千秋拉了拉身上的袍子，熱呼呼的營火烤得她想睡。她看看吃得很開懷的兩隻小龍，又看看賣力餵食大家的蘇輕，忍不住瞇起眼睛，打起盹來。

「千秋睡著了呢……」日光薄曦壓低聲音，向葉千秋的位置挪近了一點，她知道自己的舉動只是徒勞，不會對葉千秋有任何影響，畢竟，她跟他們不一樣。

她已經察覺到這件事情了。

沒關係，她會替他們保守祕密的。

不知道爲什麼，她坐在葉千秋的身邊時，似乎眞的能感受到那柔軟的身軀一點一點地倒向自己。好溫暖，在營火旁跟夥伴靠在一起，就是這麼溫暖的感受嗎？

蘇輕看著睡著的葉千秋，忍不住好笑的搖搖頭。對這條小尾巴來說，這一切都太超乎現實了吧，遊戲裡的人物還會打盹。

他聳聳肩，抬頭看著滿天繁星。這裡的星星很多、很璀璨，每一顆都如此眞實又如此遙遠，和他上輩子逃難時所看到的一樣。

有時候，葉千秋晚上睡不好，他們就會坐在頂樓看一夜的星星。

當時葉千秋病得很重，要不是遇上黑明，要不是找回一百零八鬼眾，或許葉千秋會死在那座城市的某處頂樓，死在他的懷裡。

現在，葉千秋能夠這樣放鬆地打瞌睡，眞的是太好了。

蘇輕在火光中眨了眨眼睛，又繼續烤肉。

清晨的時候，蘇輕抱著熟睡的葉千秋跟日光薄曦道別。雖然他很想回到以前的兩人世界，但聽著小尾巴那哀求中帶著期盼的聲音，蘇輕實在狠不下心拒絕。

「明天會做早餐嗎？我想吃馬鈴薯沙拉！」小尾巴殷殷盼望。

「沒有那種東西，請指定烹飪技能內有的料理！」蘇輕瞪了這條得寸進尺的小尾巴一眼。

「好吧，那我要吃烤鼠尾魚！」小尾巴打開官方網站查詢了資料，決定還是吃燒烤類的食物。沒辦法，火烤蜥蜴肉串實在太好吃了。

「火焰之城沒有鼠尾魚。」

「我會先去抓，明天早上帶過來。」小尾巴斬釘截鐵。

「……隨便妳。」蘇輕揮揮手，轉身走了。

他心想，這傢伙也太瘋狂。如果他的記憶沒錯，鼠尾魚只在神聖清泉出沒，距離火焰之城有好幾塊大陸之遙，而且這種魚很小一隻，又滑溜難抓，當初他會學到這道食譜，是因爲拍賣行有人標錯價格，於是葉千秋鬼迷心竅整批帶回來，他們才有幸享用。

小尾巴蹦蹦跳跳地走了，她一傳送到神聖之城就撲進神聖清泉裡，開始努力捕撈鼠尾魚。

她撈得起勁，直到身上的背包裡都裝滿鼠尾魚才肯罷休，這時候她已經在線超過十二小時，懲罰都開始了。她打了個哈欠，準備關機下線。

她把人物移動到神聖之城的安全區域內，打算明天再飛回烈焰之城。在下線之前，她鬼使神差地望向神聖之城中的一座巨大雕像。

她以前壓根沒仔細瞧過城內這座至高無上的神祇雕像——上神。

但今天她滾動了滑鼠，把人物的視角拉到最上面。

她看著潔白的雕像，那是一名閉著眼睛的老人，他滿臉風霜，看起來不像尊貴的神祇，反而像是歷戰歸來的滄桑君王。

她左手伸到鍵盤下，摸著自己毫無知覺的雙腿，喃喃對著螢幕上的雕像開口。

「希望我也可以跟他們一樣，自由行走，像是一陣風，脫離這個束縛……」

她下線，關機，這就是她毫無變化的每一天。

❖

隔天，日光薄曦沒有出現。

葉千秋跟蘇輕有點擔心，可是他們沒有好友頻道，完全不知道如何尋找這條忽然失蹤的小尾巴。

他們只能不遠千里傳送到神聖之城，不過他們花光了身上的金幣，仍一無所獲。

他們只好互相安慰，或許小尾巴找到其他有趣的事情了；也或許，遊戲中的緣分本來就是這樣，來來去去。

但三天後，日光薄曦風塵僕僕的來到他們面前。

她激動地比手畫腳，連話都沒法好好說清楚，還塞了許多各城鎮的特產給葉千秋。

「千秋，這些給你們，我買了好多好多，你們盡量吃！」她終於停下來喝口水，臉上還是興奮至極的神情，葉千秋心裡一沉，猛地抓住她的手，「妳還能下線嗎？不對，妳多久沒有下線了？」

本來應該聽不懂這句話的日光薄曦，卻笑得如在夢中。

「三天整了。千秋，我是不是跟你們一樣了？我終於知道你們爲什麼可以做出那些動作，因爲你們本來就生活在這裡。」

葉千秋渾身一震，蘇輕連手上的鍋子都摔了，裡頭的料理直接被系統判定爲失敗，「妳說什麼……」

兩人幾乎不敢置信。

「怎麼會？是因爲吃了我做的料理嗎？」蘇輕無比惶恐，他們還是太不小心了。既然知道自己跟一般玩家不一樣，那一開始就不應該讓日光薄曦靠近。

「妳走，妳快走！」葉千秋推著日光薄曦，「離我們越遠越好！聽著，我們兩個是沒有辦法才會待在這裡，但妳不一樣，妳是正常人，妳有自己的人生。快走，這樣說不定還有機會下線！」

「什麼是正常人？」日光薄曦笑了，表情有些淒涼，「你們懂我嗎？你們認識我嗎？我從出生以來，腿部以下就沒有知覺，我從來沒有自己走過任何一步路，跟一團毫無用處的肉塊又有什麼差別？」

葉千秋跟蘇輕都愣住了，「所以妳才會長時間在線……」

日光薄曦點點頭，淒楚的神情隨即淡去，笑得眞心誠意，「別趕我走好嗎？千秋、阿蘇，我好喜歡你們，你們對我好好，我知道你們一開始不想讓我跟著，可你們還是沒有趕我走，我想跟你們當好朋友。」

葉千秋的心又軟了，但她還是搖頭。「妳只是想逃避妳原本的人生，妳知道在這裡生活有多辛苦嗎？我們會讓妳跟著，有很大一部分是因爲我們很寂寞。我們身上有太多祕密，永遠沒有辦法跟一般玩家一起組隊、下副本，更遑論成爲朋友。」

蘇輕也接著說，「我們是眞的把妳當朋友，但這是妳要的嗎？」

日光薄曦看起來快哭了，「我原本的生活也很辛苦，是眞的！我哪裡都不能去，爸媽不讓我出門，他們怕我被騙。可是我不小了，我已經二十歲了。」

「妳的人生才剛開始。」蘇輕依舊搖頭，「如果妳是因爲吃了我做的料理而失去現實人生，我會很自責。妳這樣，要我怎麼面對妳？」

「才不是這樣！」日光薄曦大叫，「不是因爲吃了你做的料理，是因爲我許了願，眞的！是因爲許願的關係，其他人的願望也都實現了！」

「妳說什麼？」葉千秋皺眉，「妳跟誰許願？」

「上神。」日光薄曦趕緊說，「我有一些跟我差不多的朋友，我們都在這個遊戲裡，我把許願的事情告訴他們了，不只我的願望實現，大家的願望也都實現了！」

「妳到底許了什麼願望？」

日光薄曦有些猶豫，在葉千秋威脅的目光中，她囁嚅著開口：「我跟上神許願，希望……能夠跟你們一樣，能夠自由行走於遊戲裡，脫離原本生活的束縛……」

「然後呢？發生了什麼事？」

「然後我就下線去睡覺，當我醒來，就已經躺在公會小屋的地板上了。我原本不敢相信，以爲只是一場夢，所以我跑了很多地方，想趁著做夢的時候，用我的雙腳看一看這個世界。你們看，我去了好多地方，去了罪惡峽谷、巨人頂峰、深海龍宮……」

葉千秋打斷她的話，「妳說大家的願望都實現了，又是怎麼一回事？」

「我有一群朋友，我們在現實中不認識，但我們是相似的，都有殘缺。即使有缺陷的部分不見得一樣，不過我們都沒能過正常的生活。我們一起玩遊戲，還一起創了一個公會。而我發現這不是夢之後，就……」

「妳做了什麼？」葉千秋的口氣有些嚴厲了。

「我告訴大家，只要跟上神許願，就能永遠留在這個世界裡。千秋，這件事情跟你們一點關係都沒有，他們並不認識你們，可他們的願望都實現了，所以你們不要趕我走，眞的跟你們沒關係……」

日光薄曦說到這裡，已經眼眶含淚。

她的朋友眞的很少，除了那群處境跟她一樣的網友以外，她沒有任何朋友。她一開始會玩線上遊戲，是爲了排遣寂寞跟打發時間，她從來不提自己的殘缺，最後卻發現，她跟一般人之間仍橫亙著巨大的鴻溝。

一般人能聊的她都不懂，不管是學校還是旅行，或是戀愛的話題，從來沒出過家門的她，這些方面的經驗統統都是一片空白。

她想在網路世界裡隱藏自己的眞實情況，然而她貧乏的生活經驗仍洩漏了她的人生有多麼蒼白，不管她多麼努力搭話，最後都只是徒勞。

直到她遇到葉千秋跟蘇輕。即使他們身上有很多祕密，面對她時表情總是無可奈何，卻還是讓她跟在後頭。

不管她問什麼，葉千秋跟蘇輕都會回答，就算回答的內容半眞半假，她也覺得十分感動。

她咬著唇，模樣說有多可憐就有多可憐，「我什麼都說了，可以不要趕我走嗎？」

葉千秋跟蘇輕長嘆一口氣，兩人都是心事重重。他們預想過很多種失去眼前平靜生活的可能，例如世界法則又把他們扔回原本的世界，或者是被這裡的怪咯嚓咯嚓咬成兩半吞下肚，就是沒想過他們會影響到別人的人生。

葉千秋猶豫了一會兒，還是沒法轉頭就走，她正色看著日光薄曦，「帶我們去找妳的朋友，我們要知道事情到底有多糟糕。」

「好。」

葉千秋跟蘇輕幾乎是滿懷歉意的來到日光薄曦所屬的公會小屋。因爲他們這群玩家都有一些無法離開家裡的理由，所以角色等級不僅很高，連公會小屋位處的地段跟擺設都是一等一的好。

外觀看起來只是兩層小洋樓，走進去一看卻根本是一棟古堡。

「妳確定把這裡稱作小屋沒有用錯詞嗎？」

日光薄曦笑嘻嘻的，「反正我們賺來的錢也不知道要買什麼，就都拿給會長了，會長的嗜好就是擴建小屋。我們有阻止過他，他本來還想蓋成浮空城堡呢！」

「浮空城堡……」葉千秋終於對這些傢伙的有錢程度有了更確切的認知。「不過浮空城堡比較好吧？我記得可以有自己的駐地跟生活技能導師。」

「嗯。」日光薄曦遺憾地點點頭，「但浮空城堡的公會人數下限是一百人，我們不想多招人，一般人總是跟我們不太一樣。」

「也不能這麼說……」

葉千秋還想說些什麼，又覺得自己沒什麼立場，畢竟她也和他們不一樣。

「啊！會長來了！」

日光薄曦看著從樓梯上走下來的一個嬌小男孩，用力喊出聲，「會長！你今天也沒下線吧？」

被日光薄曦稱爲會長的男孩，暱稱是死亡天使。他手上拿著一根短短的小法杖，表情冷漠，看到葉千秋跟蘇輕後皺起眉頭。

「妳帶別人來幹麼？」

他瞪著日光薄曦，很不客氣，「我說過不歡迎外面的人吧？而且這是大家共同決定的，公會不招收外面的人，妳不要太任性！」

他把「外面的人」四個字咬得特別重。

日光薄曦本來興高采烈，沒想到卻被劈頭蓋臉罵了一頓。她一愣，有些委屈，「他們不是別人……」

「那他們跟我們一樣嗎？」

死亡天使咄咄逼人，他指著大門，看著蘇輕跟葉千秋。「滾！」

日光薄曦幾乎要哭出來了。她知道會長很討厭跟他們不一樣的人，可也不能這樣啊！千秋跟阿蘇怎麼說都是她的朋友。

日光薄曦還想說話，葉千秋一把拉住她。

她往前一步，直視著死亡天使，「你也沒有辦法下線了嗎？」

這下死亡天使更憤怒了，「日光！妳竟然把我們的祕密告訴別人？我要驅逐妳！」

「什麼我們的祕密？那是我最先發現的！而且他們才不稀罕！」日光薄曦也生氣了，她憤怒地大吼，「好啊！你叫大哥出來跟我說啊！我就不信他會讓你把我趕走！」

死亡天使一窒，然而態度依舊強硬，「叫大哥來也沒有用！」

小屋裡的人都聽到他們的聲音了，眾人紛紛來到一樓大廳，有些人勸著死亡天使，有些人則指責日光薄曦擅自帶外人回來，一時之間吵吵鬧鬧。

葉千秋跟蘇輕被人群圍在中間，仔細一看，這裡總共有十三個人，每個人的動作都很靈活，還有人邊吵架邊挽袖子，已經完全超出一般玩家所能做到的程度。

看來，日光薄曦所說的「大家」就是指他們。

葉千秋心裡有了打算，她清清喉嚨，大吼一聲。

「統統給我閉嘴！你們難道想一輩子待在遊戲裡嗎？」

周遭安靜了下來，她又接著說：「我從一等開始就一直待在遊戲裡，現在已經三十等，這裡就是我生活著的世界，而這是你們想要的？」

有幾個人開始竊竊私語，有些人只是一時衝動許下願望，並沒有把日光薄曦的話當一回事，現在發現真的無法離開遊戲世界，便忍不住啜泣了起來。

誰會想到呢？這裡的人固然都有些殘缺，都無法融入現實社會，但大家還是有父母、有家人，甚至有喜歡的人。

死亡天使站在公會成員們的正前方，見有些人已經動搖，立刻不管不顧地想趕走葉千秋跟蘇輕，「你們立刻給我出去！」

他正想動用會長權力，這時身後的樓梯慢慢走下一個男人。男人走得很慢，彷彿有些不適應自己的身體，他啞著嗓子開口：「亞尼，閉嘴。」

這個男人正是死亡天使的親哥哥，也是日光薄曦剛剛所說的大哥。

「哥……」死亡天使還想說話，卻被自家哥哥瞅著。

「嗯？不聽我的話了？」

「我沒有……」死亡天使忿忿地閉上了嘴。

男人走上前來，伸出手，「我是陳清，這是我的角色名稱，也是我的本名，死亡天使是我的弟弟，他冒犯到兩位的地方，我替他向你們道歉。」

陳清彎下腰，深深鞠躬。

「沒、沒關係，我們不會在意。」葉千秋跟蘇輕手足無措，趕緊拉起陳清。

「那我就直說了，我有些事情必須跟你們聊聊。」

「你說。」葉千秋跟蘇輕對望一眼，一起點了點頭。

「你們應該知道，他患有先天疾病，出門不是那麼方便，又被我父母寵上天，所以一直沉迷於線上遊戲。我大他很多歲，他在想什麼我也不知道，所以我乾脆和他一起玩線上遊戲，看能不能藉此了解他的想法。」

葉千秋跟蘇輕不知道陳清爲什麼要說這些，不過他們還是耐心地聽。

「前兩天，我聽到公會裡有一些流言。」他如鷹的雙眼看向日光薄曦，嚇得她打了一個哆嗦，躲到蘇輕背後。

「說對著雕像許願，就能眞的進到遊戲世界裡生活。我當作是玩笑，沒有放在心上，可是不久後，我的弟弟忽然昏迷，我跟爸媽趕緊送他到醫院，醫生判定他成了植物人。」

陳清緩緩環顧在場的所有公會成員，「我在家人最絕望的時候，忽然想起了那個流言，於是上來遊戲一看，還眞的看到了我弟弟。該死！我眞不知道該拿他怎麼辦！」

陳清用力捶了一下桌子，「他說什麼找不到方法下線，乾脆要一輩子住在這裡……我爲了找出救他的方法，只好也按照他所說的方法許願，結果今天一醒來，我便發現他說的是眞的，我沒有辦法下線了。」

他的臉上浮現痛苦的神情，「如果是我成爲植物人就算了，但我弟才幾歲？他今年剛滿十六歲！我爸媽還打算要讓他到國外就醫呢！」

葉千秋跟蘇輕沉默了。想不到，他們在無意間鑄下了大錯。

陳清抬起頭來，眼底都是希冀，「你們知道這是怎麼一回事吧？快說！怎麼讓我弟離開這裡？」

葉千秋沒說話，感覺嘴裡一片苦澀，蘇輕攬住她的肩膀，率先開口，「對不起，我們也不知道下線的方法，但給我們一點時間，我們會找出方法的。我們……會負責搞清楚，這到底是怎麼一回事。」

他拉著葉千秋離開，逼自己不去聽背後逐漸響起的不安哭泣聲。

第八章

葉千秋跟蘇輕回到新手村。

他們直奔神聖之城，查看日光薄曦所說的那個雕像，然而他們左看右看，也看不出有什麼不對勁，就只是一個很普通、隨處可以看見的雕像。

「一定有哪裡不對。」

葉千秋咬著唇，努力地思考。

他們還沒想出原因，就看到有個劍士偷偷摸摸走了過來，他站在雕像前半天沒動，似乎在猶豫什麼。

葉千秋跟蘇輕暗暗靠近了一點，聽到那個玩家嘆了口氣，嘟囔：「我一定是白痴才會相信這種流言，說什麼跟雕像許願就可以留在這裡……」

葉千秋跟蘇輕大驚，還有其他人知道這件事情？

劍士停頓了一會兒，接著下定決心，「不管了！我第九十九次的告白又失敗了！這世上就是人帥眞好、人醜吃草！我決定要永遠留在這裡，至少在這裡我有錢，還有實力！我要……」

葉千秋趕緊衝上去一把摀住他的嘴，蘇輕則掏出鍋鏟直接敲暈他。

他們的耳邊立刻響起系統提示聲：「親愛的玩家，你們在安全地區攻擊其他玩家，即將遭到城內護衛隊的追捕。」

葉千秋一咬牙，掏出平常採集用的小刀，三兩下爬上雕像，接著深深吸一口氣，將小短刀狠狠鑿入雕像的脖子。

「幹什麼妳？」

蘇輕在下面急得直跳腳，他已經看到遠處的衛兵正在迅速集結。

「我要毀了這座雕像！」葉千秋態度堅決，下手又快又狠，雕像的頸部開始出現裂痕。

「來不及了！」蘇輕在底下大叫，他拿起鍋鏟，也開始敲雕像的腳，敲下了一大堆石屑。「有機會再回來！」

「不行！」葉千秋立刻搖頭，「這雕像太危險了！誰知道還有多少人知道那個該死的流言！」

她拚命地鑿著，既然時間不夠，那她就乾脆把雕像的頭敲下來！

然而，在只差最後一點的時候，趕到的衛兵將這裡團團圍住了。

蘇輕高舉著鍋鏟擋在雕像前面，比起盜賊短刀，他現在用鍋鏟更順手。

「兩位來自異界的冒險者，你們因為攻擊一般玩家、破壞神聖之城的建設，觸犯了神聖之城的法律。請立刻停手，侍衛隊將會把你們帶回城內地牢，等候城主的審判。」

侍衛長舉著長槍，面無表情的對葉千秋跟蘇輕宣判罪狀。

葉千秋聽見了，但她一咬牙，猛地用力一鑿，雕像的脖子應聲斷裂，往前一滾，剛好咚的一聲砸在侍衛長面前，化成碎石。

侍衛長頓時表情扭曲，氣得連手都在發抖，蘇輕不禁乾笑兩聲。葉千秋根本是拉仇恨高手，一下子就激怒敵人，這實在是太好了……

「咳，關於這件事情，我們可以解釋……」

蘇輕試圖緩頰，可惜侍衛長長槍一抬，後面的侍衛殺聲震天，嚇得他屁股緊緊貼在身後的雕像上。

「有什麼好解釋的？你們竟然毀壞上神的雕像！根據神聖之城的律法，必須將你們當場處決！」

「處、處決？」蘇輕驚慌大叫，「這哪門子的律法？我要求公正審判！」

「你們沒機會了。」侍衛長手上的長槍狠狠往前一戳，他本想直接戳穿這個來自異界的可惡冒險者，沒想到撞上了一把金屬短刀。

葉千秋從雕像上跳下來，手上的短刀擋在蘇輕面前，「快走！」

蘇輕苦笑一聲，他們被裡三層、外三層的包圍，已經不是想走就能走了好嗎？

他從葉千秋右邊探出頭來，對著侍衛長喊話：「喂！商量一下！我們放下武器乖乖跟你們走，保證不反抗，行嗎？」

他說得誠懇，配上無害又帶點魅惑的桃花臉，簡直再有說服力不過了，不過這裡是遊戲世界，他不再是天狐，所以眼前的NPC根本不買他的帳。

「來不及了，如果你們沒有徹底毀壞上神的雕像，或許還會有一場嚴苛的審判等著你們，可是你們竟然敢割下上神的頭！」

「喂喂喂！法律也要講人情，那雕像是死的，我們是活生生的人！」蘇輕跳腳。

「竟然說上神是死的……你想決鬥嗎！」

侍衛長更加怒不可遏，手上的長槍直接挑飛葉千秋的短刀，並且迅速地迴轉，直取她的人頭——

這時，一道炙熱的白光一閃，包圍住就要沒命的葉千秋跟蘇輕，將他們從神聖之城帶走。

❖

池塘邊上，荷花清香，魚兒悠遊其中。

一名老人在池邊垂釣，他閉著眼睛，也不知道是不是睡著了。一陣強烈的白光閃過，兩個大活人突兀地出現，他們茫然地環顧四周，手裡都還拿著武器。

「啊……你們來了。」

老人睜開眼睛，揉了揉臉皮，似乎剛剛眞的打了個盹。

「你！」

葉千秋一個箭步上前，恨恨地開口：「你想做什麼？」

老人笑了。「我想做什麼？葉千秋，是你們想做什麼。」

「我不過是烤了蜥蜴肉串給她而已！」蘇輕立刻大叫，他還在記掛著那件事情。

老人只是注視著自己的釣竿。

「我們什麼都不想做。」葉千秋深深地感到無力。在世界法則面前，他們是這麼渺小，什麼事情都不知道，什麼事情都做不到。

「真的嗎？」老人看著葉千秋，眼神流露出睿智的光芒，「你們不是希望這個世界更真實嗎？不是希望能有夥伴？不是希望能有越來越多人了解你們？在我看來，你們對這個世界的期望還不少呢……」

老人的話讓葉千秋跟蘇輕怔住了。

他們看向對方，在彼此眼裡看見了羞愧。

不管是想要跟對方在一起的堅持，還是擁有一起冒險的夥伴、遇見了解自己的人……

這些，都是他們的期望。

他們原來這麼貪心。

「所以我什麼都沒做哦。」

老人站起來，收回釣竿。「你們兩個的能力本來就很強大，就算我將你們的意識體強迫收攏到這個世界裡，你們依舊在不知不覺之中，一點一滴改變著這個世界。」他往前一步，「你們甚至否定原本的真實世界，希望這裡就是真實，你們不斷地期望這個世界出現改變，這個世界只是回應你們而已。」

葉千秋跟蘇輕完全說不出話來。

這一切都是他們造成的？

「一、一定有什麼辦法可以解決吧？是你把我們弄到這裡來的，你要負責！我跟蘇輕怎麼樣都沒關係，他們可不行！他們還只是孩子，完全沒有想清楚就向你許願了啊！」葉千秋近乎崩潰。

「他們是跟這個世界許願，我無能為力。」

「怎麼樣都好，你快說出解決辦法啊！」葉千秋幾乎是大吼了。

她最恨的就是因為自己而改變其他人的人生，她改變了自己父母的人生、親族的人生、紅鬱姨的人生，還有霜月、黑明、阿殷……

她知道自己是個不祥之人，她前半輩子幾乎都是獨居，就算來到遊戲世界，也不曾跟一般玩家有過多交集。

她只是希望，她跟蘇輕可以真的一直待在這裡而已。

或許擁有一些朋友，一起生活、一起分享喜怒哀樂。

這樣卑微的願望，錯了嗎？

「只有一個辦法。」老人平靜地開口。「打倒我。」

「你們跟這個世界之間的連結，是我。」他伸出手，身上樸素的布衫開始轉為流瀉著銀色光芒的長袍，「我在這裡的化身不只是燕還村的NPC，更是信仰主宰，神聖陣營的上神。你們要想阻止這個世界的轉變，只能打倒我。」

「打倒你……這種事情怎麼可能做得到！」葉千秋拚命搖頭。

「做得到。」上神肯定地點了點頭，「我的等級一百，血量一千萬，攻擊力三萬五千七百六十七，技能共有六種，四種單體技、兩種範圍技，我還會召喚光潔天使，一次十二隻，總共三次。」

上神伸出手，手上的權杖閃閃發亮。

「我的化身也只是遊戲裡的NPC，你們只要有足夠的勇氣與決心，就能夠打倒我。

而只要你們打倒我，這個世界就會消失，被囚禁在這裡的人魂也將能全部返回現世。」

「那……我們呢？」蘇輕啞著聲音問。

「很抱歉，你們在現世的肉體已經消亡，沒有可以回去的地方，所以會跟著這個世界一起消失。」上神遺憾地微笑，「怎麼樣？決定好了嗎？」

蘇輕猛地拉住葉千秋的手，「別管，葉千秋，我求妳別管。」

葉千秋幾乎不敢回頭看蘇輕，她顫抖著張口，「蘇輕，他們都還是孩子。」

「孩子又怎麼樣？許下這個願望的是他們自己，沒有人拿刀逼他們！我求妳別管了，我們走，這個世界即使虛假，也遼闊得無邊無際，他們會找到地方生存下去的……」

「我們眞的可以嗎？」

葉千秋轉身投入蘇輕的懷抱，放聲痛哭。

「可以的。」蘇輕壓低聲音，他抱著葉千秋，感覺這是這個世界中唯一眞實的事物，「我們已經砍下雕像的腦袋了，我們不會再有貪婪的願望，就停止在這裡，這個世界能夠就這樣存在下去的……」

上神沉默不語，他並沒有戳破蘇輕的希望，只是憐憫地看著他們。

這個世界的改變一旦開始，就停不下來了。

「這是個聰明的決定。」

他舉起手上的權杖，深深插入地面，周圍的池塘瞬間乾涸，土壤迅速龜裂，裂痕向外擴散蔓延數公里。

「如果你們後悔了，就開啟這個一百級的副本。我會在最深處等著你們。」

一道白光閃過，上神的身影消失無蹤。

❖

他們全都說了。

包括他們來自哪裡、爲什麼這個世界會變成這樣、還有從這個世界脫離的唯一辦法——打倒一百等的上神。

日光薄曦所屬公會的成員們從頭到尾都很沉默，葉千秋跟蘇輕說的這些實在太匪夷所思。但他們已經一個禮拜沒有下線，光是站在這裡，看著熟悉的公會夥伴，就已經是一件匪夷所思的事情。

「對不起。」

一直讓蘇輕說話的葉千秋忽然開口。「是我們太自私才會變成這樣，可是我跟蘇輕不想消失在這個世界上，也不可能有打倒一百等NPC的能力。對不起，你們要被迫留在這裡了。」

她低下頭，隱隱顫抖著。

場面一片沉默，就連陳清也沒有開口。他皺著眉頭思考蘇輕所說的話，相較於這群孩子，他的年紀大多了，要是在以前，他肯定對這種事嗤之以鼻，但是現在，他就站在這裡。

「就、就算不能下線也沒有關係啦！」

率先打破沉默的竟是死亡天使。

那個在葉千秋跟蘇輕的印象中，有點自以爲是的孩子，故作開朗地說：「說對不起做什麼啊，許下願望的人不是我們自己嗎？我們又沒有要你們負責！大家說對不對？」

其他的公會成員低下了頭。已經過了一個禮拜，有些人開始想家了。

「大家不要這樣，我們以前不是常說，如果可以生活在一起就好了嗎？我們在這裡都很健康，想去哪裡就能去哪裡，想做什麼就能做什麼，還不用住院、開刀、復健，這樣不好嗎？」

死亡天使不斷地說著，他用力抓著右邊那名成員的肩膀，「你明明說過，如果可以跟遊戲裡的人物一樣四處跑就好了，到底在難過什麼？」

他的話讓不少人忽然哭了出來，但他們馬上擦擦眼淚，互相用力地拍拍肩膀。

「說的也是，天使說的話很對啊！走，我們一起出去旅行吧！不管是什麼地方，我們現在都可以去了！」

附和這番話的人是一名守護者，暱稱叫做城門雞蛋糕。他身材高大，模樣有些憨厚，雖然紅著眼睛卻努力笑著，拉過了日光薄曦的手，「日光，妳來當嚮導吧？我也很想去吃妳說過的草莓香蕉蛋糕呢！」

「草莓香蕉蛋糕在吉普賽的市集上才有賣。」日光薄曦沒有掙脫他的手，即使被握得有些疼痛，「今天剛好是假日，我想應該會有市集。有人想跟我去嗎？」

城門雞蛋糕第一個站到她身後，死亡天使也走了過去，還在跟她擦身而過的時候，悄聲說了一句對不起。

一開始只有他們三個，接著，越來越多人加入，幾乎所有人都擦乾眼淚，跟著日光薄曦一起去吉普賽人的市集買甜點。

他們要出門之前，葉千秋拉住日光薄曦的手，「注意安全。這裡已經不是一般的遊戲世界了，你們要把這裡當成……」

「眞實的世界，我們的唯一人生。」日光薄曦打斷她的話。

她刻意強調了唯一兩個字，因此葉千秋知道她懂了。

葉千秋放開手，試圖微笑，「幫我帶一個草莓香蕉蛋糕。」

「好。」

公會的成員都走了，除了陳清。

他深深地注視著葉千秋跟蘇輕，「這群孩子不能留在這裡。」

蘇輕向前一步，擋住他看向葉千秋的目光。「對不起，但我們眞的沒有辦法。沒有誰的生命比誰還要珍貴，陳清，不要逼我們。」

陳清低下頭，什麼話都沒說，拖著蹣跚的步伐往樓上的房間走去。

不管在哪裡，他的腿都是治不好的。

他的腿傷得太重，甚至成爲他靈魂上的傷痕——他一直認爲自己是身有殘疾的廢人，已經對生命失去熱情、對未來失去希望，所以即使來到遊戲之中，他的腿也仍然無法康復。

但他自己怎麼樣不重要，他只想把弟弟帶回去，帶回家人的身邊。

❖

葉千秋跟蘇輕沒有遠遁而走，他們還是覺得自己對這群孩子有責任。

兩人經常來到公會小屋，教導孩子們怎麼解生活技能的任務，帶他們一起去採集各種繁瑣的材料，或者是讓他們跟著兩隻小龍，在不危險的地方一起狩獵。

這個世界很眞實，眞實到他們很快就能夠理解面臨死亡的恐懼，沒有一個人想拿自己唯一的人生開玩笑。葉千秋跟蘇輕不知道日光薄曦跟他們說了什麼，但好幾個月過去了，這群孩子眞的在這裡定居下來。

甚至有一個男孩跟一個女孩交往了。

他們本來就互相傾慕，只是兩個人都沒有辦法走出家門，只能苦澀地喜歡彼此。但在這裡，他們終於能夠一起站在陽光下，並肩牽著手。

男孩的暱稱叫做深藍色的海洋，女孩叫做大海裡的鯨魚，他們在玩這款遊戲之前就認識了。

深藍色的海洋還跟著葉千秋一起學習金工，認認眞眞地從最低階的戒指開始打造，說要打出一個最好的戒指，向女孩求婚。

葉千秋跟蘇輕心裡的憂慮慢慢減少。

或許，這群孩子眞的可以在這裡展開新生。想到這裡，葉千秋跟蘇輕甚至覺得有些安慰。

但陳清從來沒放棄說服他們，他不知道用什麼辦法知道了自己父母的狀況——兩個兒子都在一夜間成為植物人，他們幾乎哭斷腸，完全失去活下去的動力。他一遍又一遍地在自己弟弟的耳邊說著這件事，死亡天使被他搞得不敢回公會小屋，只好寄住在葉千秋跟蘇輕家裡，每天夜裡偷偷地哭。

他不是不想爸媽，但他在這裡真的過得很好。再說，他也回不去現世了，陳清這樣只是將無法排解的壓力加諸在他身上而已。

葉千秋跟蘇輕日日聽著死亡天使埋在被子裡的哭聲，徹夜難眠。

他們坐在屋外，整夜看著滿天星斗直到曙光亮起。他們都知道，這就是陳清的目的，用自己弟弟的眼淚逼迫他們妥協。

可是他們又能怎麼樣？沒有誰的人生比誰更珍貴。

再說，要他們兩個生活玩家去推一百等的NPC，恐怕在抵達那個副本的深處前，就已經死了成千上百次。

他們把死亡天使送回去，對陳清開口。

「別逼他了。」

「我只是想要帶他回去。」陳清很堅持。

蘇輕疲憊地抹臉，「你聽著，事情已經不是我們想要怎麼樣就能怎麼樣，就算我跟葉千秋願意，我們也做不到。你聽懂了沒？我們做不到！」

要不是為了那個可憐的孩子，蘇輕根本不想跟他說話，每一次送死亡天使回去，葉千秋的情緒都會低落好一陣子。

「我不會放棄。」

「……隨便你！」

陳清看著他們的背影很久很久，直到雙腿傳來疼痛的抗議，他才如夢初醒。他前往銀行，領出了所有金幣，來到傳送師面前。

「我要去惡魔棲息地。」

❖

事情發生的那一天，秋高氣爽，很適合旅行。

公會裡的成員們吵著要出去玩，說想去採榛果，交給練生活技能的成員做成巧克力榛果醬。

但是榛果生長的地方有點遙遠，要到豐饒平野的最東邊，那裡人煙罕至，緊鄰著一個遼闊的海灣，海裡面有凶惡的人魚。

他們吵了三天還是沒能成行，最後乾脆找到葉千秋跟蘇輕這裡來，邀請他們一起去。雖然葉千秋跟蘇輕的等級是所有成員裡面最低的，但不知道爲什麼，有他們在，大家就覺得安心許多。

而且還有那兩隻戰力破表、威風凜凜的大龍。牠們跟公會成員混熟了，每天都被餵食各種料理，越吃越肥。

聽完他們的來意，看著大夥兒閃閃發亮的眼神，考慮了半晌，葉千秋才開口，「要去可以，但是不准靠近海灣。」

豐饒平野上怪物稀少，雖然附近的海灣有很凶惡的人魚戰士，不過只要不下水，應該是沒有問題。

所有人歡呼成一片，不久，所有公會成員都來了，大家排排站，一個一個傳送到最靠近豐饒平野的小村莊。

他們買了一大堆東西，一路上說說笑笑，郊遊似的走到了長滿榛果的小森林。大家在柔軟的草地上打滾，有幾個人還爬到樹上。

有人唱起了歌，歌聲美好動聽。

葉千秋跟蘇輕坐在遠處，笑看著他們。

日光明媚、涼風清爽，他們放鬆地靠在一棵樹下。

「這裡眞好，對吧？」蘇輕試探著開口。

葉千秋笑了，她知道蘇輕一直都很害怕她改變心意，但她點點頭，故作不知，「嗯，天氣很好。」

蘇輕急了，「只有天氣嗎？」

「嗯……風景也很好。」

蘇輕皺起眉頭，「只有風景嗎？妳不覺得在這裡生活很好嗎？再也沒有比這裡更好的地方了！」

葉千秋看著蘇輕擔憂到皺成一團的包子臉，伸手用力地揉了揉他的亂髮，「是，在這裡生活最好了。你放心，我不會自尋死路，你跟我都知道，一百等的上神不是我們可以打倒的，而且這裡真的很好，我上輩子根本不曾過上一天這麼平靜的日子。」

蘇輕長長噓了一口氣，感覺提起的心臟緩緩落回胸膛。

他一直很害怕自己替葉千秋拒絕世界法則、拒絕陳清這件事情是錯的，他不是害怕葉千秋生氣，而是怕葉千秋真正的想法是自己不能接受的。

「那……還有沒有什麼是妳覺得很好的？像是……我啊。」

蘇輕的聲音極小，臉色微紅，卻堅決地看著葉千秋，一瞬也不瞬。

葉千秋愣了一下，反應過來之後，臉上也瞬間燒了起來。

她猛地站起身，「說這做什麼？我去看看他們。」

「喂！」蘇輕才不管，他趕緊拉住葉千秋的手，「回答完才能走！」

葉千秋起先笑著跟他鬧，想掙脫他的手，片刻後卻突然臉色大變，「快放手！」

蘇輕不明所以，「怎麼了？」

「我感受到很奇怪的氣息！」

她甩脫蘇輕的手，拔腿奔向那群孩子，看見大家恐懼地縮成一團。遠處有一個男人跪在地上，低垂腦袋，彷彿正在祈禱，身上散發出黑暗的氣息。

是陳清。

「你想做什麼？」

聽見葉千秋的聲音，陳清抬起頭來，面容扭曲，「葉千秋，我要讓妳知道妳的決定是錯的，妳一定得去做妳該完成的事情！」

他話音剛落，背後便竄出一名巨大的惡魔，惡魔渾身血紅，像是剛從血池裡爬出來，伸出漆黑的爪子掃向那群孩子。

孩子們拚命尖叫奔逃，葉千秋用力一吹哨子，兩隻小龍高速從空中降落，但一切都太遲了。

惡魔抓到了一個男孩。

男孩正是深藍色的海洋，是那個說要打出最好的戒指向戀人求婚的男孩。

惡魔把他的身體撕裂，塞進嘴裡，鮮血從嘴邊噴濺而出，葉千秋狠狠砸出短刀，卻只撞上惡魔的牙齒，鏘的一聲掉在地上，被惡魔踩成粉末。

兩隻小龍見孩子被吃掉了，立刻噴吐出強大的龍息，但惡魔已經消失，地上只殘留著一個散發著黑色光芒的魔法陣。

陳清的聲音從裡頭傳出來，「葉千秋，妳如果不去做你們該做的事情，我會把他們全都殺掉。妳不讓我的弟弟回去，那大家就都別想回去！」

「陳清！」

葉千秋大吼出聲，地上的魔法陣閃了閃，消失無蹤。

❖

一天一個孩子消失。

葉千秋跟蘇輕無比憤怒，他們上天下地都找不到陳清。

就算在自己弟弟的面前殺人，他也毫不在意，他只想達成自己的目的。

陳清的弟弟幾乎崩潰，他看著伙伴越來越少，甚至試圖自殺。要不是日光薄曦及早發現，讓大家輪流排班看住他，還不知道會發生什麼事情。

「讓我死、讓我死！這樣我哥就不會殺你們了！」

死亡天使被綁在床上，不斷地大叫，臉上蜿蜒著痛苦的淚。他那麼崇拜的哥哥，從小最喜歡的哥哥，爲什麼要這樣對他？

「死不能解決問題。」葉千秋摸著他的臉龐，指間都是他的淚。「而且你哥哥已經停不下來了，如果你死了，他會把所有人都殺了。」

「那我該怎麼辦……都是因爲我啊，都是因爲我！大家本來很開心的不是嗎？我們終於恢復健康了啊！我哥哥他……他爲什麼都不懂！」

「你哥哥錯了，這不是你的錯。乖，睡一下，大家都會在這裡的。」葉千秋摸了摸他的額頭，餵他吃了一點具有安眠效果的濃湯，讓他沉沉地睡去。

葉千秋環顧著房間內的孩子們，只剩下七個人了。

她站起來，什麼話也沒說就走出房門。她越走越急，發洩似的咬牙走了好幾個小時，直到腳底都磨出水泡了才轉過身，看著一路跟著她的蘇輕。

「蘇輕，這一切都是因爲我們，是我們太貪心才會變成這樣！」

「我們什麼都不知道。」

「不知道就可以不用負責嗎？蘇輕，我們太自私了。」

蘇輕搖搖頭，「我們一點都不自私。妳剛剛才跟那孩子說，這不是他的錯，那我現在要跟妳說，這更不是妳的錯。」他走向前，把葉千秋抱進懷裡，一下一下摸著葉千秋的黑色長髮。

「我們應該負責……」

「葉千秋，這個負責要拿我們最珍視的東西去換！我們只是想過自己的生活，我們好不容易才有這樣的平靜日子。」

他更用力地抱緊葉千秋，彷彿下了極大的決心，「但如果妳想做什麼，我會一直在的，我會一直陪著妳，不管妳要做什麼，我都會在。」

葉千秋抬起頭來，淚眼婆娑，「蘇輕……我想結束這個世界。」

「好。」

第九章

葉千秋跟蘇輕併肩走向那片上神製造出來的荒土。

荒煙百里，寸草不生，只有遍地火焰在土壤的縫隙裡燃燒著。這裡沒有任何任務可接，也沒有任何NPC，遊戲官方搞不清楚這塊地圖爲何自己出現，也無法從程式裡修改，只能任由這塊荒地存在，一時間，論壇上謠言四起。

只有葉千秋跟蘇輕知道這裡有什麼等著他們。

他們看著那柄黯淡的權杖，上頭刻著暗紋，從上至下布滿著無法辨識的文字。他們伸出手，各自從權杖的兩邊握住杖柄，十指交扣。

無論妳要去哪，我都跟妳去。

蘇輕在心底發誓，他沒說出口，他知道葉千秋明白。

權杖在他們手裡慢慢龜裂，兩人都沒有放手，權杖最後破碎成片片銀光，逸散在空氣之中。他們被狂風高高捲起，在虛空中看著滾滾煙塵湧向權杖原先所在之處。

石塊飛快地聚集成形，轉眼間，百層高塔轟然矗立。

所有伺服器迅速刷新公告——

上神已從遠古戰場歸來，將在高塔百層等待一個最後的抉擇。

世界頻道炸開了鍋，所有玩家瞬間沸騰，官方竟然無聲無息地開放了百級副本！

玩家們熱烈地討論，絲毫不知道遊戲官方內部也已經炸開了鍋。百級副本的確存在，但並不在新手村，也並不是現在開放，沒有任何人知道，爲什麼這個遊戲會忽然失去控制。

百級副本前的狂風終於平息，葉千秋跟蘇輕緩緩降落，並肩站在百層高塔前方。

高塔雄偉無比，以黑色巨石堆砌而成，每一層樓都是一個圓弧，底下的圓弧最爲巨大，越往上圓弧慢慢縮小，塔尖高聳入雲，距離他們非常遙遠。

世界法則、上神，就在那裡等著他們。

他們伸手觸摸高塔的大門，耳邊立刻響起系統甜美的提示聲。

親愛的冒險者，您現在要開啟的是百級副本，您的等級尚未符合門檻，無法獲得進入許可。

「看來還不到時候啊。」蘇輕痞痞地說，內心卻鬆了一口氣，也不知道是爲可以暫時逃避戰鬥，還是爲可以跟葉千秋再多相處一點時間而開心。

即使他知道，總有一天，他們會走進這扇大門。

「嗯。」葉千秋放下手，臉上沒有什麼意外的表情。

想挑戰百級副本，現在還不是時候。

「回去吧？還有好多事情要忙呢！」

蘇輕折了折手指，這是他跟葉千秋最後的時光了。回去之後要找到一把趁手的武器、要把倉庫裡的物品賣一賣，換一身好裝備、要找到新的落腳處，烈焰之城不適合提升等級……

「嗯。」葉千秋頷首，毅然決然地邁步。

❖

他們把倉庫裡的東西清了清，一人剛好一套新手入門戰鬥裝——不是新手村給的便宜貨，是真的能讓人拿來練功升等的裝備。

俗話說的好，最好的防禦就是攻擊，所以他們兩個豁出去了，把錢全往攻擊力上砸，防禦什麼的都不要了。畢竟要是砍中了要害，一刀是死，兩刀也是死，對他們來說沒有多大的差別。

他們身上鑲滿了增強攻擊力的初階寶石，浩浩蕩蕩地開啟了一個副本。

他們這次沒打算帶小龍，如果帶小龍一路碾壓過去，他們要怎麼成長？他們甚至去寵物商店解除了與寵物的契約，放兩隻小龍自由。

他們要一步一腳印爬上百層高塔，走到上神面前。即使死在途中，也是他們能力不夠，那樣子就算僥倖到了上神面前，也只有被一擊殺死的份。

他們踏進第一個副本，水月湖畔的大蛇。

副本劇情就不用仔細提了，總之就是有條大蛇長年在水月湖畔戲水，讓附近的村莊一年三淹，搞得民不聊生。

村民因此湊了一些賞金，對外發布副本，希望能有冒險者前來爲他們驅逐大蛇，還給他們平靜的生活。

葉千秋跟蘇輕向村長領了避水珠，跳入水月湖裡，卻一跳下去就知道不好。爲了體恤新手玩家，別人一跳進來都是直接抵達副本入口，就他們兩個得自己游過去。

他們在湖底找了老半天，才終於找到正確的入口，是一個岩洞。

兩人進了岩洞，發現裡頭竟然沒有水。蘇輕抹抹臉，吐掉兩口湖水，終於能說話了。「這條蛇根本有毛病，離群索居的住在這裡，絕對是條宅蛇！說不定還有自閉症什麼的。」

葉千秋懶得理會他，自顧自地往前走。她默默念了一串咒語，身上光芒大亮，蘇輕立刻怪叫起來。

「妳轉職成法師了？快跟我說怎麼弄的，大爺我不想當賊了！」

葉千秋白他一眼，「每個職業可以學三個初級魔法，這是光明術。」

「我怎麼不知道？」蘇輕覺得葉千秋是在唬他。

「腦子構造不同。」葉千秋不想管他，率先向前走去。

蘇輕摸摸鼻子跟在後頭，岩洞裡的地道幽深黑暗，葉千秋的光明術照明範圍不大，蘇輕只好緊緊跟著她，葉千秋被他踩了幾次腳跟，頓時有點不耐煩。

她回頭一看，發現蘇輕的表情有些空洞，心裡緊了緊，想到當初他們第一次去打蟻后的時候，在地洞裡九彎十八拐，蘇輕還因此率先離線，一個人去頂樓吹風。

他以前待的地方就是像這個樣子嗎？

想到這裡，葉千秋忽然拉住蘇輕的手。蘇輕有點驚訝，葉千秋很少主動拉他的手，他們兩個每次牽在一起，若不是打算去赴死，也是離死不遠了。

他不自在地動了動手掌，惡聲惡氣地說：「我才不怕。」

他又不笨，當然知道葉千秋爲什麼會突然突然牽他，但這種感覺實在奇怪。他才不需要被保護，他是天狐，理當是由他來保護葉千秋。

葉千秋也覺得有點彆扭，於是聳聳肩，「那放開吧。」

「不要！」

蘇輕瞪她一眼，又握得更緊了一些，葉千秋哭笑不得，只能慢慢走。

大概走了一個多小時，兩人看到了一汪深潭，蘇輕望著潭面，嘖嘖稱奇，「如果真跳下去的話，那我們就是在湖裡的岩洞，然後又進了岩洞裡的水潭底。」

「繞口令嗎你？」

葉千秋沒好氣的說。這種前期副本帶著蘇輕來眞是太虧了，也不知道他當初怎麼把人物練到滿等的，「你別瞎折騰，沒人要你下水。只要等一陣子，大蛇就會出來覓食，到時候殺了牠就是。」

「殺了牠？這麼凶殘？咱們不能跟牠談談嗎？反正牠得一直待在這裡，每次被殺然後再復活，我想牠也挺難受的。咱們現在不是眞正的遊戲玩家，能跟牠說話吧？」

蘇輕退了一步，事實上，他是不想被蛇血噴得全身。

「這想法值得參考。」

葉千秋摸摸下巴，蘇輕的想法挺另類，但不是毫無可行性。

因爲蘇輕的突發奇想，他們暫且按兵不動。其實這個副本也是要考驗玩家的耐性，副本難度不高，不過要是有人率先下水就會被凍成冰塊，浮在水面變成一艘小船。

葉千秋跟蘇輕等啊等，大概過了十幾分鐘，一顆碩大的蛇頭冒了出來，看著葉千秋跟蘇輕眨呀眨。

蘇輕一陣惡寒，他對蛇類特別沒有好感。

「咳……」他掏了掏背包，剛好摸著一顆金黃烤飯糰，他往前一扔，飯糰滾啊滾，恰恰停在蛇頭前面。

「吃吧？保證沒毒。」

蘇輕怕牠聽不懂，還比手劃腳，甚至躺在地上然後又爬起來比了個大叉，意思是吃了不會死。

葉千秋徹底無語，「牠要是看得懂，我跟你姓。」

大蛇伸出舌頭一捲，把飯糰吃了，還吐吐蛇信，點點頭，表示味道不錯。

「蘇千秋？」

蘇輕笑得可欠揍了。

「去死！」

葉千秋罵了一句，轉而直接對蛇說話，「你往岩洞的另一個地道走行嗎？我們別開戰，反正只要你走了，任務就算成功，你也不用挨打，多划算？」

大蛇歪了歪頭。

旁邊的蘇輕笑得滿地打滾，「蘇千秋，妳還是退下吧！」

他直接學著蛇蠕動的樣子，在地上匍匐前進，往另一個地道入口過去，「這樣懂了嗎？這裡這裡，快點出來跟我走！」

大蛇支起巨大的身子，往地道入口點點頭，有些困惑地看著蘇輕。

蘇輕又更用力地蠕動，「來來來，往這裡就對了！蘇千秋妳看，我是不是可以當個馴蛇師？」

大蛇若有所悟，點了點頭，從深潭裡面爬出來，旁邊的葉千秋臉色都黑了，心想這蛇跟蘇輕大概同種類，同類才能溝通。

但下一秒，她就知道自己錯了。大蛇重重壓下蛇頭，在地上砸出一個巨大窟窿，還好蘇輕反應靈敏，一個驢打滾翻進了深潭裡，才沒被大蛇給活活砸死。

「喂！你這傢伙怎麼回事啊？」蘇輕從潭裡躍起，氣呼呼地大罵。

葉千秋已經擺出戰鬥姿態，她抽出背後的弓，拉滿弓射向大蛇，銀箭穩穩地扎進大蛇的前半段身體，一個深紅字體飄了出來。

-100HP

大蛇吃痛，卻並未躁進，反而退回深潭邊盤據起來。

「別浪費時間，快過來！」葉千秋手上的弓仍然對著大蛇，朝不遠處的蘇輕喊了一句，蘇輕也知道談判破裂了，只得摸摸鼻子滾回葉千秋身邊，不敢再說什麼蘇千秋。

他掏出短刀，嚴陣以待。

「注意牠攻擊的規律，三秒一次，小心閃躲！」

葉千秋很自然地發號施令，她在大蛇的攻擊間遊走，不斷尋找著機會，每一次的攻擊都能夠打出大概一百多的傷害。而如果她的記憶沒錯，這條大蛇的總血量應該是一萬左右。

她的箭矢數量差不多夠，再說，她還有蘇輕。

蘇輕揮舞著浸過毒液的短刀，想尋找空隙扎進蛇腹，不過他是近戰職業，沒有遠程優勢，因此好幾次都差點被蛇頭砸中，滾來滾去的，好不狼狽。

這遊戲裡的副本必須以小隊爲單位挑戰，基本人數至少要有三人，補血職、攻擊職、防禦職，三者缺一不可。

但葉千秋跟蘇輕都是攻擊型角色，雖然打出的傷害很漂亮，卻根本沒有續航力，所以很快就左支右絀。

他們不時在地上打滾，渾身都是擦傷，葉千秋還好一點，蘇輕卻幾乎成了個泥人，好幾次滾進深潭裡，被凍得火氣都發不出來。

只是他看著在戰場中靈敏穿梭的葉千秋，內心反而安定了下來。他跟葉千秋初相識的時候，就看著她拿刀斬殺餓死鬼，她一直都是這樣，不管面對什麼都昂然無懼。

他笑了起來，往前一衝，短刀剛好沒入蛇頭正下方，打出一個爆擊。帥是很帥，然而下一秒他就被大蛇砸飛出去，還好這次又掉進深潭，一下子就浮上來。

「你發什麼瘋？」葉千秋皺眉。這傢伙不要命了嗎？

「我說過要保護妳啊！」蘇輕壓低身子，躲過從上方掃過的蛇頭，滑入蛇腹下方，又狠狠扎了一刀，這下，大蛇眞正生氣了。

牠迴身，尾巴高高揚起，把蘇輕往山壁上掃去。還好蘇輕早有防備，他向前一跳，攀到大蛇的頭部後方，短刀直接刺了上去，整個人掛在上頭甩啊甩的。

葉千秋幾乎說不出話來。這傢伙腦子眞的壞了吧？

蘇輕手上的短刀一吋一吋往下劃開，大蛇的後腦疼得不得了，又拿他沒辦法，氣得尾巴胡亂揮舞，葉千秋也不得不滾進潭水裡，凍得臉色都發白了。

他們勉強算是有默契，而這個副本又是入門的程度，最後大蛇的血量終於被消磨到剩最後百來滴。

葉千秋指尖顫抖著，連小腿肚都有在抽搐的感覺，但她瞇起眼睛，用力地拉滿弓，最後一支銀箭俐落飛出，扎進大蛇的眼珠。

大蛇勃然大怒，發出尖銳的嚎叫，在地上拚命打滾，一時之間滿室煙塵，落石如雨點般墜下，葉千秋臉色一變。不好！石洞要垮了！

她立刻把弓收起來，「蘇輕，走！」

蘇輕還不明所以，「走？通過副本了嗎？」

「走就對了！快！這裡要垮了！」

蘇輕臉色也白了，他立刻想拔起短刀，但他剛剛出力過猛，連刀柄都沒入蛇身，此時用力拔了一下，卻連一吋都動不了。

「妳先走！」他連回頭都沒有，一心一意地拔刀。

「說什麼蠢話，刀不要了！」葉千秋大吼。

「哪能不要，這把刀幾乎花光了我們所有的金幣！」

蘇輕很死心眼，他拚命使勁，這把不起眼的黑色短刀卻彷彿石中劍一般，說什麼都不肯移動半分。

葉千秋狠狠一咬牙，衝向前去，想幫忙蘇輕，沒想到上面一顆巨大的石頭承受不住石洞的搖晃，脫離了山壁，往下落向蘇輕的所在處。

「蘇輕！」

葉千秋大叫出聲，蘇輕抬頭一看，還來不及說話，人就被落石壓住了。

葉千秋急忙奔了過去，看著在碎石夾縫中緊閉著雙眼的蘇輕。

一瞬間，她不敢相信自己看到了什麼，她甚至不敢開口叫喚蘇輕，腦中一片空白。

下一秒，蘇輕眼皮微睜，呻吟出聲，「哎唷喂……痛死大爺……」

葉千秋趕緊動手搬開巨石，好在巨石摔落後碎成數塊，她挪開了壓在蘇輕身上的那幾塊，蘇輕勉勉強強站了起來。他受的傷不算重，幸好他反應快，避開了要害。

「還好大爺我命大，不然沒被大蛇砸死，也被這狗娘養的石頭壓死了！」蘇輕罵罵咧咧，伸出腳踹了下地上的石頭，只是他腳步虛浮，一腳踹出去，自己差點栽倒。

葉千秋看著他發脾氣，一時不知道該說什麼，而後忽然往前一撲，緊緊抱住蘇輕。她用了很大的力氣，蘇輕往後一晃，疼得臉都皺起來了，但他仍咬牙撐住，伸出手一下一下地拍著她。

「沒事了，妳看，我不是好端端地在這嗎？」

葉千秋還是沒說話，蘇輕感覺到自己的衣襟一片濕潤。

他想低下頭看，葉千秋卻死命緊貼，連一絲空隙都不肯露出來。

蘇輕心裡有些疼。

傻瓜，妳想哭就哭出聲啊。

他什麼都沒說，就只是像那一夜一樣，一直讓葉千秋抱著。

第十章

離開副本之後，兩人情緒都有些低落。

蘇輕是因爲左腳踝嚴重扭傷，疼得咬牙切齒，但又不敢表現出來，深怕葉千秋擔心；葉千秋則是還有點難以擺脫蘇輕躺在那裡、緊閉雙眼的畫面。

這個畫面，她以後會再看到嗎？

又或者，下一次看到這個畫面的人會是蘇輕？

那他會恨自己嗎？恨自己選擇了一條這麼艱辛的道路。

兩人幾乎沒有交談，直接走回了村子裡，沒想到更讓他們沮喪的事情還在後頭，回報任務的時候，村長的態度忽然變得很怪異。

「來自異界的兩位冒險者，你們爲什麼要拿起武器呢？平靜的生活不正是你們所想要的嗎？」

村長的問題非常尖銳。

兩人不知道發生了什麼事情，葉千秋疲憊地搖頭。「我們知道要付出多少代價，但我們想尋求眞正的平靜，而要得到眞正的平靜唯有順心。」

村長沉默了好一會兒才又開口：「即使這個世界毀滅也無所謂嗎？所謂的眞實由誰來判定？你們是來自異界的人，而我們是眞正地居住在這裡，這裡就是我們的所有。」

葉千秋感覺更疲憊了。「對不起，我只能考慮到那些孩子。」

她忘不掉孩子們臉上的淚水與驚恐，她想讓他們回家去，好好睡一覺。

村長點頭，「我理解，但我想，我得告知兩位一個消息。」

葉千秋擺擺手，示意村長直說。

「兩位想毀滅這個世界，就是與我們爲敵。因此，從今天開始，我們將不再提供任何補給，也不再接受交易，請兩位理解。」

村長遞出一個錢袋，「當然，任務與副本仍然會發布予兩位，只是我們不再希望兩位冒險者帶回成功的消息。」

葉千秋接過錢袋，思緒一片混亂。他們被這個世界徹底孤立了。

「連住旅店都沒辦法了。」

蘇輕嘆了口氣，沉痛地說。

他們本來打算用最快的速度提升等級跟裝備，完全沒想到會受到這個世界居民的仇視。他們現在連補給品都買不到，雖然可以跟玩家交易，可是過夜怎麼辦？

他們必須穿梭於一張又一張地圖，尋找最適合的升等地點，磨練戰鬥技巧，已經沒辦法固定落腳於某個城鎭。

他們接了幾個任務，所有NPC都用戒備的態度對待他們。蘇輕本來有些氣惱，但想想，對他們來說，自己好比殺人兇手，也就氣不起來了，反而有些愧疚。

遊戲裡很多任務的報酬多寡都取決於和NPC的友好度，既然所有NPC都仇視他們，葉千秋跟蘇輕解起任務來自然是事倍功半，甚至因爲仇恨值過高的關係，整個世界的動物也連帶對他們不友善了。

當蘇輕第四次被鳥拉屎在頭上後，他真的連想死的心都有了，旁邊的葉千秋倒是笑了出來。

「笑什麼？」

蘇輕泡在水裡，想洗去頭頂的鳥屎。溪水很冰冷，底下還滑溜溜的，對於有輕微潔癖的蘇輕來說，不啻於坐於針氈上。

「太荒謬了。」葉千秋笑得有些喘不過氣，她很少這樣大笑，可這時她卻笑個不停。

「忽然覺得我的人生非常荒謬。」她笑著，好似拋去了所有顧忌。

「我比誰都想留在這裡，現在卻被當成毀滅世界的兇手。更重要的是，我根本就沒有把握能夠成功，他們竟然還比我們有信心……」

蘇輕也笑了。「就是，沒想到他們真的覺得我們能做到。」他往後仰躺，漂浮在水面上，「我一直不敢跟妳說，其實我很沒信心。我們——會不會還沒走到那個死老頭面前就死了啊？」

「誰知道。」葉千秋聳聳肩。「我會拚命做到，但如果連命都拚掉了還是做不到，到時候我也什麼都不知道了。既然無論如何都不會知道結果，那管他去死。」

蘇輕眨了眨眼。「妳還說我一直記著妳當初說的那句話。葉千秋，妳從來就是這樣一個人啊！」

「不服命運嗎？」葉千秋又笑了。「喂，你是不是從那時候開始就愛上我了啊？」

蘇輕的臉瞬間紅了起來，他差點沉下去，嗆了幾口水。今天葉千秋吃錯藥了？

「妳、妳臭美！誰愛上妳啊！」

「哦，眞可惜。」葉千秋站起身，居高臨下的看著他。「本來想告訴你，我什麼時候喜歡上你的，可惜我現在不想說了。」

蘇輕眞的沉下去了。

他在水裡撲騰，「喂喂！說啦說啦！喂喂！」

葉千秋施施然遠去，不理會身後的吵鬧聲，還把蘇輕的衣服順道帶走。

說我臭美？說不愛我？那好，你就光著屁股回村子裡吧！

❖

他們最後乾脆找了個山洞，徹底cosplay了一回野人。

兩人花了一個晚上也沒想出讓NPC降低敵意的方法，乾脆鋪好墊子準備睡了。這個時候，一隻大白鳥吃力地叼著一個包裹，往這裡的山洞撲騰過來，牠飛得歪歪斜斜，明顯是因爲嘴裡叼的包裹太重，飛進山洞前還先撞到一棵樹，看得葉千秋跟蘇輕膽顫心驚。

他們收了包裹才知道，是日光薄曦等人送來的東西。

物品很雜，從藥水到裝備都有，有些用得上、有些用不上，裡頭還有一封信，不是日光薄曦寫的，而是第一次見面就囚了葉千秋跟蘇輕一頓的死亡天使。

哥哥大概知道你們的決定了，他沒有再對大家下手，沒有任何一個人死掉了。但……對不起、眞的很對不起，爲了我們，讓你們決定去做那麼危險的事情。這是我們唯一能爲你們做的，請不要拒絕，拜託。

日光說她不敢寫信，怕會把信紙哭花，所以讓我來寫。你們不跟我們聯絡沒關係，但請收下這些，裡面有兩件斗篷，是她不眠不休做的，說要給千秋跟阿蘇。她說，你們一定要平安回來。

葉千秋緊緊捏著信紙，因爲怕陳清再拿這些孩子威脅她跟蘇輕，他們一跟孩子們分別就斷了所有通訊方式。

沒想到，他們居然託人轉寄這麼大一袋東西來。

這下物資是有了，可是欠他們的人情怎麼還？

她良久沒有動彈，蘇輕把信紙從她手裡抽出來，仔細摺好。「我們會讓他們回家的，這是我們唯一能做的，也是最好的報答。」

一夜過去，兩人都睡得不太好。

天亮了，新的一天開始。葉千秋算了算，他們現在三十五等，應該有一個護送公主的任務可以接。

她依稀記得，那是一個偏遠小國的公主要嫁給首都王子的劇情。說起來也可憐，哪有公主下嫁得自己跋山涉水的？

但這些她沒興趣探究，她只知道這個任務每個角色只能完成一次，失敗之後還沒辦法重新再來。任務十分費時，必須跟著NPC橫跨三張地圖，穿越沙漠跟大海，最後才能成。不過任務報酬跟經驗值都很高，如果順利完成，他們兩個都能升個五等左右。

葉千秋打定主意，便跟蘇輕一起前往某個村莊接任務。

他們接完任務，等了一會兒，果然隊伍來到村子，讓他們兩個加入。

雖然加入了隊伍，可NPC的戒備之意顯而易見，沒有任何一個人跟他們倆搭話，甚至還不斷加快趕路的速度，讓葉千秋跟蘇輕追得非常辛苦。

葉千秋幾次想發脾氣，然而看著他們戒慎恐懼的眼神，還是忍了下來。這些人也只是想活下去罷了。

兩人都沒有說話，默默地追著。一個禮拜過去，他們幾乎不眠不休，累得快昏死，食物跟飲水全數用罄，跟NPC討要也被無情地拒絕。要不是死亡天使他們中間又寄了一次補給品來，葉千秋跟蘇輕說不定會活活餓死或渴死。

直到抵達最後一張地圖，上了航海大船之後，他們才終於能喘口氣。兩人累癱在甲板上，連走進房間裡都沒辦法。

連日來的趕路跟驅逐野生怪，已經耗盡他們所有的力氣，可是他們都知道，接下來才是重頭戲。

「醒醒。」葉千秋踢了踢蘇輕，不是蘇輕得罪她，實在是她累得連一根手指頭都抬不起來了。「等等會有一群海盜出現，船上的艦砲抵禦不住，他們會上船，我們得把頭目殺了才能制住他們。」

蘇輕微微睜開帶著深深黑眼圈的眼睛。「投降行不行？」

「那你就餵魚唄。」葉千秋低低笑著，太悲慘了，悲慘到她好想笑。「那群海盜會把所有人扔進海底，不留活口。我記得這片海域有食人魚，等級滿高的，有機會掉落銳利牙齒，賣價不錯。你如果掉下去，幫我打幾顆上來。」

蘇輕抹了抹臉，「我要是有力氣幫妳打牙齒，會問妳能不能投降嗎？還有，妳腦子裡的地圖是不是寫滿了寶物的位置？就沒記點別的東西嗎？」

「別的東西有什麼好記？」葉千秋不解地看了他一眼。

蘇輕張了張嘴，也是，還有什麼東西可以引起他們家守財奴的興趣？「這遊戲真是跟妳孽緣不淺。」

他感嘆似的下了個結論。

葉千秋涼涼地看了他一眼，「跟你才孽緣不淺。」

她這句話一出口，蘇輕彷彿被打了一針興奮劑，「我們倆這是天生一對！還有，妳快說，妳什麼時候喜歡上大爺我的？」

葉千秋笑了，一臉莫測高深，接著忽然翻身而起，「等我想說再說。」

蘇輕躺在地上，「喂喂！妳這是逃避！」

「逃你個頭。他們來了！」

葉千秋又踢他一腳，蘇輕哀號一聲，認命地滾了一圈，跳起來拿著短刀站在葉千秋前方。

如同葉千秋所說，船上的防禦果然抵擋不住，海盜很快就上了船。海盜頭目拿著一把彎鉤，頭上戴著一頂海賊帽，等級四十二，血量兩千，不多，但攻擊力很高，幾乎可以秒殺她跟蘇輕。

幸好她跟蘇輕都是敏捷度比較高的職業，只要小心一點，別被那把彎刀揮到，應該還有一點機會。

她將手上的弓拉滿，直接射出去，正式名稱是幽靈船長的頭目才剛登船，便差點被葉千秋一箭射翻。不過這傢伙既然是頭目，當然沒這麼好打發，他手上彎鉤一揮，就把葉千秋的箭往旁邊撥去，讓自己的一個水手當了替死鬼。

水手倒地，葉千秋覺得這樣也是賺到，乾脆再接再厲，幽靈船長一時左支右絀，蘇輕又跟蛇一樣滑溜，在登船的海盜水手之間遊走，砍翻了好幾個，也殺掉了幾個，兩人一時之間竟勢如破竹。

可是這個任務當然沒這麼簡單，幽靈船長突地怒吼一聲，所有海盜的攻擊力都上升了，蘇輕陷入苦戰，幽靈船長率領著更多船員大肆登船。

葉千秋看著旁邊一動也不動的NPC們，心中感到一絲不對勁，但她沒時間多想，只能盡量協助蘇輕，尋找機會打倒幽靈船長。

登船的海盜越來越多，而他們兩個本來就疲憊，根本無法打持久戰。此時，葉千秋靈機一動，掏出包裹裡的煤油往前一扔，甲板頓時起火。她舉起弓箭，沾了點油射過火焰，一枝枝火箭頓時沒入海盜體內，海盜們紛紛著火，亂成一團。

蘇輕隨即使用了盜賊的種族技能，「絕對隱匿」——只能維持十秒左右的時間，可以瞞過任何NPC與野外怪物。

他偷偷繞到幽靈船長背後，以迅雷不及掩耳的速度把短刀架在對方脖子上。

「讓他們撤退！」他低聲說，「不然我砍了你的腦袋。」

幽靈船長一愣，眼角餘光看到身後的蘇輕，「可惡！竟然有盜賊在船上！」

蘇輕咧開嘴，「閉嘴，讓他們下去，不然……嘿嘿！」

其實這個任務的過關條件就是隊伍中必定要有一名盜賊，葉千秋打從一開始就看上了蘇輕的盜賊技能，不然也不會費盡千辛萬苦跑這個任務。

幽靈船長猶豫了一會兒，「交出船上的珠寶，我就撤退。」

葉千秋很大度地點頭，「給他。」

當然，她也早就知道這是任務成功的條件，如果死咬著珠寶不放，幽靈船長會豁出去全力一搏，不管他最後有沒有被玩家殺死，任務都會失敗。

船上的NPC們不甘心地抬出一箱又一箱珠寶，這些全都是公主的陪嫁，也難怪他們一臉怨恨。

幽靈船長看到這麼多的珠寶，頓時喜上眉梢，他揮揮手，示意船員們扛走珠寶，準備撤退。

葉千秋眼看一切順利，忍不住鬆了一口氣，沒想到，事情一瞬間發生了變化。

此趟護送的重要人物——月季公主——忽然從船艙裡面衝了出來，奔向幽靈船長，直接把胸口送上那把彎勾，彎勾的尖端刺了進去，她嘔出一大口鮮血，所有NPC都激動大叫。

葉千秋皺起眉頭，難道他們觸發了什麼隱藏劇情？但月季公主接下來說的話馬上讓她如墜冰窖。

「你們，想要毀滅我們的世界，我們……絕對不會讓你們得償所願，我寧願死，也不願讓你們摧毀這裡！」

月季公主斷氣了，幽靈船長絲毫不當一回事，他抽走彎勾，帶著一箱箱珠寶揚長而去，所有NPC僕役則跳海自盡，只留下葉千秋跟蘇輕順著洋流漂盪。

這個世界不是孤立他們，是與他們爲敵。

任務理所當然失敗了。

公主都死了，蘇輕跟葉千秋也沒臉回去回報任務了，誰知道會不會被抓到大牢還是什麼地方關起來？

他們順著洋流漂到一座孤島上。

葉千秋跟蘇輕下了船，直接坐在沙灘上，看著遠方一波波打上來的海浪，兩個人都沒動，也沒開口說話。

船閃了閃，消失不見。因爲任務失敗的關係，上面的人一離開，這艘船就自動被系統回收了。

這艘船大概漂流了一個星期，他們待在船上沒事做，徹底大睡了幾天，醒來才發現這座孤島，趕緊讓船靠岸。

他們感到十分疲憊，覺得自己永遠不可能走到上神面前的那種疲憊。

整個世界都與他們爲敵，即使他們拚命接任務、下副本，也有很大的可能根本無法達到百級，可沒有達到百級，他們就不能開啟那個副本。

葉千秋閉上眼睛，耳邊都是海浪的聲音。

「我覺得好累。」她忽然開口。「我知道什麼是該做的事，卻不知道自己是不是眞的想要走到那裡。再說，連我自己都不相信我們做得到。」

蘇輕握了握她的手，「不管妳想做什麼，我都會陪著妳。」

葉千秋嘆氣，「我好希望大神最高隊回來。」

那個玩笑般的隊名，讓葉千秋第一次體會到擁有夥伴的感覺。如果有霜月、阿殷、黑明，或許她就不會這麼無助了，或許她眞的能走到上神面前。

蘇輕也低低地開口，「是啊，如果他們還在就好了。」

遊戲裡的所有副本都是以五人隊伍爲基本通關條件，只有他跟葉千秋兩個人眞的太勉強了，而且這種與全世界爲敵的感覺實在不好受。

「可是他們不會回來了。」葉千秋翻身坐起，看著滿天星斗。這個世界如此眞實，眞實到曾經迷惑他們，讓他們許下無法挽回的願望。

「蘇輕。」葉千秋看著他，「我們會做到的，對不對？」

蘇輕握住她的手。「會的，一定會的。妳是我的葉千秋，是那個敢與天地爲敵的葉千秋，妳一定做得到。」

葉千秋跳了起來，拍拍一身的沙。「走吧，今天晚上還得找地方過夜呢。」

蘇輕跟在她身後，兩個人在夜空下走進這座孤島。

夜色深沉，世界悄悄變化，三個被召喚過來的意識融入了這裡，重新擁有了身體，在夜風中靜靜降落。

❖

隔天醒來的時候，葉千秋的眼前還是暗的。他們昨天尋了一個幽深的地洞，裡頭七彎八拐的，別說光線了，連外頭的聲音都聽不見。

她迷迷糊糊地胡亂抹了一把臉，盤算著今天該做的事，最重要的是找到離開這座島的方法。

她深深吸一口氣，站起身來，摸索到昨晚記住的入口，往外走了過去，想不到才走沒幾步，她就聽到一聲慘叫。

「抱歉抱歉，我不知道你在這。」葉千秋立刻縮起腳來，剛剛那一下踩得有點重了。

但她腳才縮回來，渾身上下的寒毛就豎起來了，這不是蘇輕的聲音！她迅速向後退，撈起放在地上的弓，一個光明術放出來，箭矢尖端準確對著發出慘叫的來源。

整個地洞被照得通明，葉千秋終於看清楚她踩到的是什麼「東西」。這東西正咬牙切齒的摀著自己的褲檔，一臉痛不欲生。

旁邊的蘇輕聽到聲音爬了起來，也嚇了好大一跳。

「你、你們怎麼會在這裡？」

那個摀著自己褲檔、連想死的心都有了的男人放下手，神情困惑。「蘇輕？葉千秋？」

當初組隊打比賽時，他們交換過真實姓名跟照片，所以他一眼就認出眼前的人。

「阿殷？」

蘇輕幾乎不敢置信，他衝上前去把另外兩個趴在地上的人給翻過來，結果看到一個熟悉的人，還有一個有點陌生、他一直不敢跟葉千秋提起的人。

「黑明？霜月？」

他用力地晃了晃他們，兩個人都慢慢睜開眼睛，還有些搞不清楚狀況。

「我們在哪裡？」

霜月先坐起來，甩甩腦袋，她有些暈眩，四肢不太聽使喚，似乎這不是她的身體……不對，她不是早就死了？哪來的身體？

她瞬間瞪大眼睛，不斷拍打著自己的手臂跟雙腿，身旁的黑明則是直接站起來，「你們怎麼找到我們的？我是妖，並沒有魂魄，死了就該灰飛煙滅，爲什麼還能站在這裡？我重生了？」

他有點疑惑，眼神卻是興奮的。

葉千秋跟蘇輕對看一眼，彼此都不知道答案，不過他們知道——他們不經意許下的願望又成眞了！

只是，這眞的是好事嗎？他們打算毀滅這個世界，卻把昔日隊友召喚過來，是想讓這些隊友一起陪葬嗎？

「嗯……你們知道這是哪裡嗎？」葉千秋苦澀地開口。

她該如何讓他們知道，他們重生只是爲了迎接死亡？但她仍強迫自己開口。不管怎麼樣，她都得負責。「我們……在命運裡。」

話一說出來，大家的表情都有些微妙，大概是「妳傻了？」之類的，霜月甚至有些憂心忡忡。

「千秋，妳沒事吧？」話才說完，她就注意到葉千秋身上的服裝，還有自己的。她穿著一身新手布衣，裙襬規規矩矩地蓋到大腿，還踩著一雙草編的涼鞋。

「我們眞的在命運裡？那款遊戲？」阿殷抹了把臉，深深吐氣。

他最後的記憶是在冥界的河底，漫無目的地漂蕩。

葉千秋點頭。「是眞的。事情有點複雜，我會全部告訴你們。你們可能不會原諒我，但我還是得說……」

她深深吸一口氣，正打算開口，卻被霜月揮手打斷。

霜月走過來，用力地抱緊她，「妳平安無事眞是太好了！我一直很擔心妳，當時那個奇怪的人來到我家，說要殺了我引妳過來時，我就一直擔心妳也會出事……太好了，眞的太好了！」

她緊緊抱著葉千秋，阿殷也走了過來，拍了拍葉千秋跟蘇輕的肩膀，「收起你們那脆弱的表情，隊長現在回來了！不管你們想說什麼，我們都絕對不會怪你們的。」

他拉過黑明，「是不是？我們絕對不會怪他們的。」

黑明點點頭，其實他有些不自在，因爲不習慣跟人類靠得這麼近，但他看著蘇輕跟葉千秋，忽然微微笑了。

「當然，因爲我們是夥伴啊！」

第十一章

蘇輕跟葉千秋把事情全說了。

包括他們想做的事情，以及黑明、霜月、阿殷這次不是重生，而是要再次死亡，甚至這一次還不知道死後會去哪裡。

或許他們會隨著這個世界一起毀滅，再也沒有獲得來生的機會。

「我是妖，本來就只有一次的生命。」黑明聳聳肩。

沒有一個妖族可以成爲例外，妖族擁有比人類更長的壽命，以及修習各種術法的天賦，但相對的，人類擁有魂魄，能夠轉世，妖族卻只有一次的生命。

所以他不覺得這有什麼好責怪蘇輕跟葉千秋的，對於這個世界，他甚至有些期待。他本來就很喜歡命運這款遊戲，現在來到遊戲裡頭，就代表他可以眞正跟雅美娜見面了！

至於阿殷跟霜月則有些懵懂。

人族對於生死之事，本來就不若他族知道得清楚，不過他們都是死過一回的人，於是互看一眼，異口同聲地說：「即使死，我們這次也想死得有價值。」

葉千秋苦笑，「我眞的不知道我們能不能走到上神面前，那是百級副本，他又是整個副本最強悍的敵人，即使遊戲設定我們可以攻擊他，可是我甚至連能不能打出傷害都不確定。」

阿殷比她有信心多了，「只要是怪，就有推倒的可能。」

他下意識推推已經不存在的眼鏡，讓葉千秋笑了出來，接著他又正色說：「做不到是我們還不夠努力，而不是怪太強。只要堅持這個信念，總有一天，我們會走到他面前的！」

此刻，葉千秋跟蘇輕不知道該說什麼，心中充滿了感動。

這就是夥伴啊。

不知道為什麼，他們忽然覺得眞的有成功的可能了。

直到現在，他們才好像踩在了地面上，找到了向前的道路，而不是只憑藉對陳清的怒氣前進。他們知道自己不是寂寞的，知道這是所有人的共同目標，而不只是他們狂妄的幻想。

葉千秋看著阿殷，開口：「隊長說的眞有道理。」

蘇輕站了起來，「看來只有我跟她還是不行啊，隊長。」

霜月跟黑明也笑盈盈的看著阿殷。

阿殷揉揉鼻子，他只要被需要跟依賴，就會覺得自己無所不能，他自認這是很爛的性格，可他的心中依然如此欣喜。

他拍拍手，「好了，時間不多了，讓我們來瞧瞧自己到底是什麼職業，想推王也要有一支好隊伍啊！來吧，看看命運這款遊戲對我們是不是眞的這麼殘忍。」

新手包裹直接跟著他們來了，就在三人的身邊。

而命運總算沒對他們太殘忍，他們有了一個牧師，霜月。

還有一個能夠控場並吸引仇恨的守護者，阿殷。

至於黑明則有點雞肋，是個召喚師。

黑明最不擅長的就是控制，他連東南西北都有些分不清，又怎麼控制兩隻以上的召喚獸？召喚師要玩得好，得懂得隨機應變，增加召喚的生物種類。當他看到屬於自己的小石板時，臉色變得非常難看。

「不用擔心，沒有不好的戰機，只有不會操控的駕駛者。」阿殷又搬出那套駕駛員理論來安慰黑明，「我會好好幫你特訓一番，讓你成爲召喚師大神的！」他折了折手指，表情竟有些興奮。

黑明打了個冷顫，「我能不能先回……」

全員一致開口，「不行！」

誰都知道，這傢伙肯定要朝雅美娜奔去了。

「現在最重要的事情是離開這裡。」阿殷開始分工，「黑明跟霜月都只有一等，所以拆開來。黑明跟蘇輕一組，到海岸去看看有沒有船隻經過，就算是NPC的船隻，應該也不會對我們視而不見。」

「霜月跟葉千秋一組，你們說過這裡有火山口，那麼或許會有地道能夠離開。遊戲官方不可能設計出一張無法離開的地圖。」

「那你呢？」霜月問。

「我到這座海島的最高處看看，我之前看過整個遊戲的所有地圖，或許會有一些印象，看能不能想起什麼。」

「你也只有一等。」霜月皺起眉頭。

「我可是隊長啊！」阿殷率先走了出去。

約定好日落之前要回來後，眾人就四散出去尋找離開島的線索，只是這座孤島不大，還沒到日落，大家就都回來了。

「都失敗了？」

阿殷逐一詢問，沒什麼有用的情報。他沉吟了一會兒，說出自己的收穫。「我登高觀察了一陣，總覺得這島的形狀挺眼熟。」

葉千秋跟霜月對看一眼，她們來到火山口時，也曾試圖看出些什麼。

「好像是把鑰匙。」葉千秋說。

「我倒覺得是根法杖。」霜月不改牧師本性。

「那我覺得說不定是根冰棒！」黑明興沖沖地湊上來，他是在人間念小學的，所以知道她倆在用什麼梗。

蘇輕抓抓頭，「你們在玩什麼遊戲嗎？我也可以加入嗎？」

他的話讓眾人都沉默了。

阿殷抹臉。總覺得來到這裡後，他的腦細胞死得更快了。「總之，這個島嶼的形狀讓我覺得很眼熟，這裡應該有一個任務，或許就是離開的方法。」

身為職業遊戲玩家，阿殷幾乎背下了命運中所有的地圖跟任務，畢竟比別人掌握更多情報，就代表能掌握更多的金錢。

「什麼任務？我跟蘇輕的等級都才剛過三十三。」她真正擔憂的是，另外三人都只有一等，這樣要組隊進行任務，太危險了。

「喚醒矮人。」

阿殷其實不太有把握，他在一個論壇上看過，據說有個玩家在副本裡打到一把錘子，錘子素質很高，他剛好又是守護者，非常合用，因此對那把錘子垂涎不已。沒想到鑑定之後，發現這是一把損壞的錘子，而且不管是哪一個城鎮的武器師都無法修復。

那個玩家心心念念那把錘子的素質，就一直把錘子帶在身上，心想或許哪一天會遇到流浪的高階武器師NPC，就有機會修復。

而他沒遇到流浪的武器師NPC，倒是有幾個NPC在任務結束之後，額外跟他閒聊了兩句，說那把錘子是由矮人一族的族長所打造，必須找到矮人一族，才有機會修好。

那個玩家敏銳地發現這應該是一個隱藏任務，於是更加勤勞地帶著錘子四處跟NPC搭訕，可惜事倍功半，最後只打聽出矮人一族似乎居住在一個海上的孤島，島嶼的形狀是由圓圈與直線構成。

矮人沉睡已久，只有喚醒他們，才能夠請他們修復錘子。

那個玩家找了很久，一直到他因爲現實生活的因素，無法再繼續玩遊戲，才把打聽到的消息發到論壇上。不過他沒有把錘子交給別人，所以這件事很快就無人聞問。

阿殷當初是偶然看到情報，也不確定他們是不是眞的剛好找到了矮人沉睡的島嶼。

「如果他們眞的沉睡在這裡，那要怎麼叫醒他們？放鞭炮？敲鑼打鼓？四處喊？」

蘇輕提出了一連串的方法，只是都不太可靠。

阿殷拚命地回想，「據說矮人一族喜歡礦石，你們有帶著礦石嗎？」

「礦石……這倒沒有。」葉千秋有些為難，畢竟那東西很重，在戰鬥中又派不上用場，「不過我知道哪裡有，火山口附近有些火玉，也算是礦石的一種。」

❖

他們挖礦挖了好幾天，終於挖出了一公斤左右的火玉。

就在他們對著火玉一籌莫展的時候，一陣喀拉喀拉的聲音忽然傳來，蘇輕立刻拿起短刀，戒備地擋在大家身前。

一架小型機器人滾了進來，說是滾，是因為它沒有腳，完全是用底下的履帶移動，「姆，快叫醒姆姆的主人，姆姆姆！」

「姆，主人們等的人終於來了嗎姆？」

「這傢伙姆姆姆的叫，是腦子壞了嗎？」

蘇輕皺起眉頭，再度往前一步。不怕敵人，就怕瘋子。

「你的腦子才壞了！姆姆姆！」

機器人眼裡發出了綠色光芒，電子音變得更加高亢。

「讓我來吧。」阿般前進一步，他直覺這個機器人對他們沒有惡意。「請問你的主人是誰？是矮人一族嗎？」

「姆……」機器人停頓了一下。「姆姆好久沒聽到有人這樣稱呼主人了，姆姆姆姆！」它快速地繞著圈圈，非常興奮。

「呃……請問有什麼辦法可以喚醒你的主人嗎？」阿殷有些頭疼，矮人一族爲什麼會選一個這麼不可靠的機器人作爲奴僕？

機器人前進又後退，眼裡的光芒不斷閃爍，似乎很猶豫。

「我只能告訴你們，要叫醒主人必須打開心臟。」

心臟？

幾個人看了看彼此，這是指要挖開誰的心臟嗎？這任務也太變態了吧！

「請問一下，一定要用人的心臟嗎？」阿殷面有難色。說實話，不管是挖誰的心臟他都不願意。

「爲什麼要用人的心臟？」機器人不太明白他的意思，來回滾動。「姆姆說的是這座島的心臟，心臟供應主人們動力，現在被關掉了，主人們醒來會死掉、會死掉！」

阿殷大概理解這個自稱姆姆的機器人在說什麼了。

他試探著問：「所以心臟是一台機器嗎？在哪裡？」

姆姆沉默了，它不知道自己該不該說。

「你可以信任我們。」阿殷往前一步。「你看，我只有一等，不會傷害你的主人們，相反的，我們必須向矮人一族求救，因爲我們被困在這裡，找不到離開這座島的方式。」

「姆……離開這座島的唯一方法是操作飛行島，不過飛行島也需要使用心臟的動力……」姆姆忽然說出讓他們精神一振的話。

「那，姆姆你看，我們是不是有了共同的目標？你要喚醒你的主人，我們要離開這裡，所以我們不會傷害你的主人。」

阿殷循循善誘，他知道眼前的姆姆只是一個NPC，但他完全沒有輕視之意，他在這裡待了三天，已經感受到這個世界有多眞實。

風的流動、海浪的聲音、日出日落的更迭，既然這一切都是眞實的，眼前的姆姆當然也能擁有自己的情感跟認知。

姆姆終於下定決心。「希望你不要欺騙姆姆。」

它眼裡的燈光改變顏色，紅色的光芒不斷閃爍。阿殷有些興奮起來，他們應該已經進入任務的第二階段了。

姆姆在眾人的注視下開口，「心臟在這座島的最深處，只要帶著鑰匙就可以穿過這座島的底部，但是……路上有很多不知道從哪裡來的岩漿怪，主人們就是因爲這樣才會陷入沉睡。岩漿怪太可怕了，會吃掉主人！姆姆好害怕……」

姆姆的話有些沒頭沒腦，但葉千秋他們總算知道自己接下來要尋找什麼了。阿殷蹲下來，跟姆姆平視，「沒問題的，我們會打敗岩漿怪，重新啟動心臟。不過，你說的鑰匙是什麼呢？」

姆姆打開自己的腹部，裡頭放著一塊由圓形跟直線構成的金屬。

「這就是鑰匙，姆姆一直保管著。」姆姆掏出那塊金屬，遞給阿殷。「插在火山底部就能打開通道，插到心臟上方，向右轉三圈，向左轉兩圈，就能夠重新啟動心臟。」

❖

大神最高隊終於又再度踏上征途。

葉千秋跟蘇輕分別領頭和押後，他們等級最高，必須保護夥伴。

他們很快抵達了火山底部，摸索一陣後，果然發現了一個凹槽。

阿殷嘗試著把鑰匙塞進去，很快，一陣天搖地動，他們面前的岩壁向上升起，一陣鐵鍊的聲音從很遠的地方傳來，矮人精心打造的機械王國出現。

「成功了！」葉千秋拿著弓，戒備地看著遠方，神情有些激動。

「只是第一步。」

所有人穿過岩壁，阿殷從另外一面的中空處取下鑰匙，岩壁慢慢落下，一切彷彿沒發生過似的，但他們面前出現了另外一條路。

一條埋在岩漿裡的羊腸小徑，兩側都是滾滾熔岩，讓人望之生怯。

「不知道會不會掉下去……」

蘇輕縮了縮，他是天狐，怕熱。

「烏鴉嘴！」

霜月拿法杖敲了他一下。

「我、我腿軟了……」黑明覺得這就和走吊橋一樣令人膽顫心驚。

「你們也太沒用了吧！」

阿殷嘆了口氣，率先往前走，可他才剛剛踩上小路，旁邊的岩漿就咕嚕一聲，往上冒出了一個半人高的泡泡，嚇得他飛快地縮回來。

「靠、靠北邊走……這是什麼地方！」

阿殷差點爆了粗口，下一秒他就真的罵髒話了。

他看到那個半人高的泡泡逐漸變成一隻岩漿怪，朝他們蠕動過來。

「靠北！這是什麼東西？也太噁心了！」

岩漿怪的五官扭曲，隨著岩漿在身體各處流動。葉千秋飛快搶進，把幾個隊友往身後推，接著拉滿弓，銀箭咻地射了出去。

這隻爬上來的岩漿怪迅速被銀箭射翻，向後落回到岩漿裡，咕嚕咕嚕的冒著泡。葉千秋不敢鬆懈，手上的弓還是高舉著，果不其然，很快那隻岩漿怪又緩緩浮出來，這次還夾帶了另外一隻。

眼看銀箭無法對它們造成實質傷害，蘇輕一咬牙，也揮舞著短刀衝了上去。他直接使用技能，短刀上面覆蓋著銀色的冰雪，捅進了岩漿怪的身體裡。他一擊得手，立刻向後跳躍，被他攻擊的岩漿怪發出玻璃碎裂般的聲音，竟然碎成了一地。

蘇輕得意地抹抹鼻子，「這一關我保護你們！」

他話音未落，碎成一地的岩漿塊竟然被另外一隻撿了起來，喀拉喀拉吞下肚。

「這些傢伙有點噁心啊……」

蘇輕壓抑住想吐的衝動，又拿起短刀上前攻擊。隨著他的前進，被引出來的岩漿怪越來越多，它們吞食著同伴碎裂的身軀，即使葉千秋改變戰術，在自己的銀箭上附加冰雪屬性，也只得到同樣的結果。

「是不是越來越多了？」

蘇輕慘白著臉，他們一行人不斷往後退，幾乎退回了剛剛打開的岩壁那裡。

「這樣下去沒完沒了！」葉千秋的銀箭還剩很多，可是殺了一隻又冒出好幾隻，根本永無止境。

「撤回去剛剛那裡？」霜月提議，對於像她這樣嬌嫩的補師來說，這裡的環境實在太惡劣，熱得她頭都暈了。

「連蝴蝶都飛不起來了。」黑明苦著臉，他的兩隻小黃蝶根本無法靠近那些岩漿怪，勉強接近的下場就是連翅膀邊緣都燒灼了。

「嗯……」阿殷看著大家注視他的神情，知道所有人都倚賴著他的決定。退回去，很有可能就代表任務失敗。

「等等！」他忽然卸下肩上的背包，在裡頭翻找起來。

眾人不明所以，但很快他們就知道阿殷想要找什麼了。他拿出石板，上頭刻著他在遊戲裡的資料。

姓名：殷木其

種族：巨人

職業：守護者

等級：15

眾人愣了一下，接著都大叫出聲，「十五？」

阿殷點點頭，有些激動起來。「千秋跟蘇輕殺掉那些岩漿怪不是徒勞無功，因爲組隊的關係，每一隻我們都能分到經驗值！如果能夠撐下去，或許我們可以在這裡升到滿等！」

「滿等！」葉千秋覺得自己的手立刻不疼了。

「來吧來吧，可愛的經驗值們！」連蘇輕都來勁了。

阿殷等三人都已經升上十五等，擁有初階的職業技能，於是阿殷率先揮舞著手上的銅錘衝了出去，霜月則開始吟唱各種增幅技能，全身泛起暈黃光芒，連黑明都手忙腳亂地召喚出兩隻小狼狗，牠們歪歪斜斜地衝向岩漿怪。

一群人大開殺戒，幾乎忘記時間，感覺自己的狀態越來越好。他們雖然沒有介面可以確定能力數值，但每個人都明確地感受到升等帶來的好處。

但當葉千秋跟蘇輕雙雙升上四十等，其餘人來到二十五等的時候，這裡已經找不到任何一隻岩漿怪了。

「果然不會有這麼好的事情啊，可惡，還想繼續呢！」阿殷遺憾地說。

他難掩疲憊，臉上更多的卻是興奮的神情。二十五等就代表他們擁有了基本的自保能力，接下來就能夠更快速地升等，而不用處處被葉千秋跟蘇輕保護。

「這樣就很好了啦，你們都不知道我跟葉千秋當初多可憐，辛辛苦苦地解一堆生活技能的任務，還被NPC指使著四處跑腿！」蘇輕哼哼兩聲，想到那段日子就覺得眞該爲自己掬一把同情淚。

「也是，該知足了。」阿殷點點頭，打算把雙手錘扔回背包裡。這時，異變陡生，他們眼前的岩漿忽然急遽下降，底下出現一座巨大的山谷。

山谷裡傳來震耳欲聾的嘶吼聲，眾人臉色一變，飛快地狂奔過這條小路，眼前又是一片廣場，遠方還是一面岩壁。

「不用跑了，等著吧。」阿殷轉過身，雙手拿著銅錘高高舉起。無論他有多疲憊，他都是大神最高隊的隊長，也是隊伍裡的守護者。

然而他並不孤單，霜月跟黑明開始吟唱，一藍一綠的光芒從他們身上擴散開來，如漣漪般逐漸向遠方而去；蘇輕拿起短刀，站在隊友們的不遠處，他要扮演好偷襲的角色。

葉千秋則站到隊伍的大後方，即使她現在四十等了，血量也沒有霜月多，這裡是最適合她發揮的位置。

嘶吼聲越來越近，所有人屏息以待，大家都知道，他們將要面臨這個任務裡最危險的環節了。

砰的一聲，地面劇烈震動，他們抬起頭來，眼前出現一名渾身著火的高大巨人，幾乎抬腳就能踩死他們。巨人手上拿著一條長鞭，鞭上包覆著烈焰，所有人見狀，心底都哀號一聲。

但包括葉千秋這個過去只是爲了賺錢跟打發時間才玩遊戲的傢伙，對於眼前的挑戰都是感到興奮的。她咧開嘴，無聲地笑著，握著弓的手心滿滿都是汗，卻射出了最爲強悍的一箭，直指巨人的膝蓋。

銀箭沒入膝蓋，巨人頓時單膝跪地，發出狂吼，手上的長鞭狠狠掃出，所有人立刻向後退，黑明的兩隻小狼也迅速跑開。

「打倒他。」

阿殷下令，他在腦中飛快盤算，這款遊戲終究沒有對他們太差，他們有坦有打手還有補師，是挑戰副本最安全的組合。他毫不猶豫地揮舞著雙錘衝上前去，立刻吸引了巨人的注意力，他扛住所有傷害，身後的霜月立刻治癒光環連加。

他們只能依靠直覺戰鬥，阿殷感覺自己彷彿處在沸騰的邊緣，神志卻無比清晰。他沒有眞正受到致命的傷害，除了疼痛以外，霜月的治癒術爲他抵消了大部分的損傷。

「千秋，找出他的弱點！」阿殷迅速下達指令，「蘇輕，多打出幾個負面狀態，看能不能讓他暈眩或者目盲，黑明，小狼狗一起攻擊，幫我分散巨人的注意力！」

沒有人開口說話，他們很快找回默契，就像從來不曾分離一樣。事實上，他們是一支不怎麼強的隊伍，沒有強勢的打法，也沒有神兵利器，等級又相差懸殊，當初比賽的時候，他們就不是一支受眾人矚目的隊伍。

但是，他們對彼此有著無條件的信賴。

所有人全力以赴，葉千秋拉開弓，在大後方不斷移動，她在所有隊友的保護下發揮出最大的攻擊力，所有隊員都會比她先倒下，而她會戰到最後一箭。

霜月一心一意地拉住阿殷的血量，所有人都明白，她只能看顧阿殷，一個隊伍的坦是永遠不能倒的。

坦倒，團滅！

黑明的狼狗死了又復活，他的臉色越來越蒼白，魔力即將用罄，可他沒有停下來，召喚不出狼狗就召喚蝴蝶，他的蝴蝶著火，在空中飛舞。

蘇輕拚命打出負面狀態，長鞭狠狠掠過，他的身上四處都是燒傷，然而他皺著眉頭，一句話都沒說，甚至沒要求霜月幫忙補血。他知道在這支隊伍裡，即使他跟葉千秋有多麼親近，阿殷都比他重要。

終於，巨人轟然倒下，他身上的烈焰不息，手裡巨大的長鞭卻慢慢落下，縮小成為一條精緻的鞭子，阿殷從地上拾起，遞給了黑明。

「我？」黑明後退一步，差點自己絆倒自己。「怎麼可以？我、我沒什麼用，怎麼可以拿戰利品？」

阿殷有些好笑的看著他，「長鞭是召喚師的武器，除了你，我們還能給誰？」

黑明還是搖頭。「可以賣掉幫其他人換武器，這條長鞭應該可以賣個不錯的價錢。你們有想做的事情，我……不能拿。」

他又退後一步，彷彿那條長鞭會咬人，旁邊的霜月忍不住翻了個白眼，搶過長鞭塞進他懷裡，「哪來這麼多廢話？我們是隊友你就不是？我們要打倒那個什麼叫上神的傢伙，難道你能在旁邊納涼？廢話少說，給我拿著！」

黑明被她罵得動都不敢動，只好求救似的看著阿殷。

阿殷笑著搖頭，拿走另一個戰利品。

那是一個黑色的小盒子，盒子內嵌著兩根紅色管子，不知道管子裡頭有什麼。旁邊還有一個小玻璃盒，盒子正中央是一個按鈕。

「這又是什麼？」

蘇輕的爪子伸了出來，摸上那個按鈕。

阿殷惡狠狠地拍了一下他的手，「這個別碰！」

他直接把東西收了起來，放進自己的包裹，宣布：「這個歸我。」

蘇輕立刻大呼小叫，「喂喂喂，這也太私心了吧！以前葉千秋都會讓我先選的！」

「隊長說了算。」阿殷這次難得霸道，而其他人聳聳肩，沒有什麼意見。

「反正看起來也不像是我能用的。」霜月是牧師，除了法杖跟短刀以外都別想了。而且她一直以來都是走治療路線，能增幅治療技能的法杖是她的唯一選擇。

「我、我有蝴蝶了！」黑明看著停在肩頭上的蝴蝶，忽然覺得心滿意足。他應該早點來練召喚師的，多有趣。

「走吧，只有一樣而已，沒什麼好爭的，就放隊長那。」葉千秋拉走了蘇輕，不讓他繼續大呼小叫。

只是她的目光有些閃爍。

她以前偶爾會接到一些比較特別的案子，記得有個委託人相當喜歡鑽研威力強大的武器，他帶葉千秋到他家過一次，展示他的收藏。

那些收藏，跟剛剛阿殷收起來的東西非常相像。

葉千秋想，那是一個無線引爆裝置。

拿完戰利品後，他們身處的這個巨大廣場正中央上空緩緩降下一根玻璃管，玻璃管散發出銀色光芒，剛好可以容納五個人一起進去。

他們搭著玻璃管一直向下，盤根錯節的管線在他們四周交會，色彩黯淡，偶爾還會閃過紅色的故障警示燈。

「眞想看看完整的劇本。」霜月貼在玻璃管壁上，看著眼前的場景，「遊戲企劃人員的想法眞有趣。」

葉千秋跟蘇輕沒說話。霜月他們越喜歡這個世界，他們的愧疚感就越深。

「沒事的。」

阿殷知道他們在想什麼，於是一手攬過一個，「這裡再眞實，都不是我們的眞實，我們毀掉這裡說不定還能回去。黑明不是說了？人類擁有最強韌的魂魄。」

「就是，碎成一片片都能慢慢復原，比蟑螂還厲害。」黑明從旁邊冒出來，他是眞心佩服。

霜月跟阿殷不由自主地打了個冷顫，「蟑螂什麼的就不要拿來比了……」

葉千秋苦笑。

或許吧，希望他們眞的有回去的機會。

雖然上神說了，她跟蘇輕會隨著這個世界的崩塌而消亡，但他也說那些孩子可以回到現世，也許阿殷和霜月眞的還有機會。

他們抱歉地看向黑明，黑明倒是不太在乎的聳聳肩。「不是每個人都想要無止盡地輪迴重生。」

葉千秋抿了抿唇，「認識你們，是我這輩子最值得的事情。」

她臉色微紅，顯然不太習慣說這種話，不過蘇輕卻不樂意了，「那我呢？那我呢？認識我不值得嗎？」

「你第一次見到我時還想殺我呢！」葉千秋沒好氣的回他。「認識你眞是我倒了八輩子的楣。」

「喂喂！這麼說太不公平了吧，明明是妳先砍我的！」蘇輕又大呼小叫起來。

其他人都笑了，霜月一臉憧憬，「相愛相殺欸，好浪漫喔！」

「浪漫個頭……」葉千秋翻了個白眼，她跟蘇輕之間哪有一點浪漫？只有不打不相識、越打越悲慘而已。

「難道妳主動吻我那次不浪漫嗎？還有妳在頂樓抱著我抱了整夜……」蘇輕還沒說完，嘴巴立刻被葉千秋狠狠一拍，死死地摀住。

「你給我閉嘴！」她惡狠狠地威脅。「你敢再說一個字，我就拔光你的狐狸毛！」

蘇輕攤了攤手，表示自己乖乖閉嘴。

葉千秋放下手，紅著一張臉，看都不看其他人期待的神情。她才不要滿足他們的好奇心！「到、到了！走吧！」

她率先踏出玻璃管，步伐堅決卻同手同腳。

蘇輕他們跟在後頭竊笑，卻也不敢多說什麼。冒火中的葉千秋是很可怕的，他們才剛剛被巨人烤過一輪，現在誰都不想輕易招惹她。

玻璃管外只有一條路，他們順著這條路往前走，來到了一個房間，看見一個巨大的物體。

他們終於知道，爲什麼姆姆會一直用心臟稱呼這東西。

因爲這的確是一顆巨大的心臟，不過是一顆機械心臟，看起來像是以鋼鐵的材質裹成一個心室，分成左右兩邊，各自接著向外延伸的管線。管線穿入房間的牆壁，看不出來接往哪裡，但看得出來，這顆心臟是一切的源頭。

「去吧，隊長。」

霜月推推阿殷，阿殷有些緊張地掏出背包裡的鑰匙，慢慢往前走，巨大心臟的正前方有一個小小的洞口。他握著鑰匙，猶豫地回頭。

所有人都期待地看著他。

他一咬牙，把鑰匙推了進去。

不管接下來將要面對是什麼，他們都一定會跨越！

一開始悄然無聲，接著，心臟忽然開始鼓動，一陣冰冷的風從鋼鐵的縫隙間洩出，巨大的心臟運作起來。藍色光芒閃爍，從心臟中央慢慢向外擴散，順著管線飛快蔓延，整間房間被湛藍的光芒充斥。

阿殷退後一步，仰望著巨大的心臟。「好美。」

「太漂亮了。」葉千秋忘記了剛剛的害臊，不自覺地靠向蘇輕。

蘇輕也痴痴點頭。「比我出生時看的那一眼還美。」

湛藍光芒包圍了他們，像是海洋，又像是星空。

他們彷彿置身宇宙，一切生命的源頭。

眾人似乎能夠理解矮人將這裡打造成心臟的原因了。

心臟不斷推送著動力，他們耳邊的聲音越來越複雜，似乎是很多機關同時被啟動、運轉的聲音。忽然，一陣天搖地動，他們全都跌坐在地，見到眼前的小房間由左至右分割成兩半，巨大的機械心臟被高高舉起，藍色光芒在日光下閃爍。

這座島裂開來了。

他們不適應地眨著眼睛，看見完全意想不到的場景。

他們身邊出現無數正在四處奔走的機器人，各式房屋從地底升起，風車、橋梁、機器鳥，一一動了起來。

他們揉了揉眼睛，這還是那座孤島嗎？

遠方，一群個頭嬌小的人類走了過來。

「來自異界的冒險者，感謝你們重新喚醒了理性之島。」

阿殷立刻被隊友們推出去，他只好抓抓頭。「理性之島？是這座島嶼的名稱嗎？你們……是矮人嗎？」

為首的矮人輕輕頷首，「是，我們是矮人，是真理的僕從。這裡是理性之島，是我們傾盡全族之力打造的家園，沒想到火之炎魔選上了這裡的火山，導致我們必須全族進入沉睡狀態。」

「你是說那個巨人嗎？手上拿著長鞭的那個？」

阿殷有些不確定。雖然玩家總是在遊戲裡扮演救世主，但是因為那個炎魔，就讓整個矮人族陷入沉睡？

「是的。火之炎魔看上了我們的島，那時候我們正在進行打造家園的最後一步，只要重新啟動心臟之源，我們的工作就完成了。但他阻擋在必經的途徑上，導致心臟之源失去動力，我們沒有辦法，只好陷入沉睡，留下一個低耗能的機器人。」

阿殷回頭看一眼自己的隊友們，大家顯然都是一頭霧水，不過劇情是這樣就這樣吧，別抓Bug了。

他裝作理解的點頭。「那不知道我們可不可以提出一個請求？」

「各位是我們全族感激不盡的對象，請儘管提出來。」

一瞬間，所有隊員都想立刻提出什麼，打造一個可以打進一百級副本的機器人，或者是可以幫助他們馬上升上一百等的機器，甚至是製造火箭砲跟戰車之類的需求。

可是想想人家因爲一隻火之炎魔就整族睡了不知道多久，阿殷還是放棄不切實際了。「請借我們飛行鳥，讓我們能夠離開這座島。」

爲首的矮人點頭。「沒問題。」

他揮了揮手，喚來一名小型機器人，低聲吩咐。很快，一架五人座的飛行鳥從天而降，落在他們身旁。

飛行鳥收攏翅膀，看起來精緻而美麗。

「作爲報答，我們把疾翼送給你們。」

爲首的矮人欠身，掏出一把鑰匙，赫然就是阿殷他們拿來啟動心臟之源的那把鑰匙的縮小版。

「只要插入鑰匙，不管你們想去哪裡，疾翼都會把你們送去。」矮人將鑰匙交給阿殷，「矮人一族將永遠歡迎你們回來。」

他們一一上了飛行鳥，阿殷插入鑰匙，就在他們即將起飛的時候，葉千秋忽然探出身子，看著為首的矮人，「這個世界的眞理是什麼？」

矮人沒有立刻回答她，只是凝視著她，半晌才開口。

「所有世界的眞理皆同。」

葉千秋不死心，「如果這個世界傾塌的話，眞理還存在嗎？」

「眞理永遠存在。」

葉千秋好似理解了什麼，又問了一次。「眞理是什麼？」

矮人輕輕微笑了。「規則。孩子，眞理就是規則。規則凌駕一切，不管是眞實還是虛幻。」

「我可以請問你的名字嗎？」

「盧思。」矮人微笑，「妳可以叫我盧思。」

「盧思，謝謝你。」葉千秋坐回位置上，她得好好地想一想。

飛行鳥起飛，底下的島嶼縮小成一個點，他們飛向大陸。

【遊戲官方】公告：今晚零時零分，命運正式開放空中交通工具。

第十二章

飛行鳥疾翼越過大海，降落在大陸的中心。這裡是奇拉城，整個遊戲中最熱鬧富庶的地方，不管需要什麼裝備跟武器，甚至是藥品、卷軸、魔法書，以及稀有寵物等，都可以在這裡找到。

葉千秋一行人直接讓疾翼停在城鎮門口，瞬間引起了許多玩家的注意。所有玩家都知道，命運已經開放了空中飛行工具，但現在只有各城鎮的官方交通工具，疾翼是他們看見的第一架機械飛行鳥。

許多人聚集在這裡圍觀，要不是擔心疾翼可能有什麼暗藏的武器，他們恐怕早就撲了上來。阿殷率先走下飛行鳥，雖然這個狀況在預料之中，他仍不禁因爲周圍玩家的狂熱而有些緊張。

他們在飛行的過程中商量過了，疾翼是件好東西，尤其是以現在來說，畢竟物以稀爲貴。

雖然他們眞的很喜歡這架可以任意穿梭地圖的飛行鳥，但還是決定立刻把疾翼脫手，甚至就在奇拉城外公開拍賣。

「咳。」阿殷清了清嗓子，「大家可以再靠近一點，對，你們沒看錯，這是遊戲裡第一架由玩家持有的飛行工具。雖然我們不能說出來源，不過如果有人希望擁有疾翼——也就是這架飛行鳥，可以從現在開始喊價。」

周圍忽然安靜下來，所有玩家一動也不動，幾乎不敢置信。下一瞬間，無數激昂的聲音忽然爆了出來，所有玩家都開啟語音系統。

「他剛剛說要賣掉是不是？」

「我沒有聽錯吧？真的要賣掉？」

「他是不是傻了啊？現在全遊戲只有這一架欸！」

「你管他，說不定很好弄到手啊。」

「你才傻了！好弄的話早就滿街跑了吧？」

玩家的議論聲像潮水一樣湧向阿殷，他皺起眉頭，更大聲地開口：「咳咳，大家沒聽錯，我們的確想把這架飛行鳥賣掉。起標十萬金幣，從現在開始競標。」

十萬金幣只能幫一個角色打造一套頂級裝備，但阿殷不在意，識貨的人很快就會出現。

果然，看好戲的人雖多，願意喊價的人更多。

「十五萬！」

「二十萬！」

「六十萬！」

「一百萬！」

「三百萬！」

疾翼的價格以驚人的速度向上飛漲，純粹圍觀的玩家們很快被擠出去了，各大公會的會長知道消息後，都立刻透過傳送陣趕了過來，個個勢在必得。

葉千秋跟蘇輕沒出面，只是躲在飛行鳥裡聽著外頭的競標聲。當阿殷提出賣掉疾翼這個想法時，他們是有些猶豫的，畢竟疾翼太實用了，說不定還可以成爲他們的緊急逃生工具，但阿殷說服了他們。

「我們不需要逃，我們要把自己武裝到牙齒上，每一口都能咬碎敵人。」

葉千秋跟蘇輕同意了，霜月跟黑明也沒有異議。

價格不斷被往上哄抬，最後，其中一名公會會長直接站到了阿殷面前。「殷棋，我知道你，但我聽說你死了。」

阿殷饒有興致地揚眉，「他是死了，可是殷木其還活著。」

那個會長停頓了一會兒，「我不知道你爲什麼要換伺服器，但賣給我吧！我一定要拿到這架飛行鳥。」

「我在這裡讓人喊價的意思，你還不懂？」

「兩千萬。」

「給我公會倉庫的權限。」阿殷笑吟吟地說。

「你！」那名會長簡直不敢置信，阿殷這完全是獅子大開口。

「下一個。」阿殷向後頭招招手。

「殷棋，你不要太過分了！」

「我不會太過分的，我只拿補給品、藥水、卷軸、料理、寶石。」阿殷慢條斯理地點著，他知道對方不得不接受。

那個會長好一陣子都沒說話，其他會長懾於阿殷開出來的條件，也都默不作聲，靜觀其變。

「成交。」

那個會長終於開口。他對阿殷提出入會邀請，並且給予了使用公會倉庫的權限，立刻交易兩千萬給阿殷。他不怕阿殷跑掉，在這個伺服器，他想追殺誰都只是一個命令的事。

「謝謝光臨。」阿殷嘻皮笑臉的收下金幣，身後的背包一沉，差點沒壓垮他，但他撐也得撐著。他揮揮手，讓葉千秋他們下來，抬頭挺胸地走進奇拉城。

當然，那個晚上他肩膀疼得幾乎睡不著，又是另外的故事了。

阿殷沒有拿走太多公會倉庫裡的東西，原因不是他好心，而是他們根本拿不走。對別的玩家來說，這些東西只會化爲負重的數字，對他們來說卻是肩頭上的重量。

不過這些也就夠了。阿殷花光那兩千萬，幫所有成員買齊了最頂級的裝備，他們不需要次級品，任何一點素質差距，都很有可能成爲生與死之間的鴻溝。

而且，要是他們成功了，這世界便會崩塌，到時留著那兩千萬又有何用？

「從來沒有這麼乾脆地花過。」阿殷齜牙咧嘴的，還是不免心疼。

「就是。也不是沒看過兩千萬，可這樣花……嘖嘖。」職業打工戶葉千秋也淡定不下去了，她撫摸著手上的祝福精靈弓，無比珍惜。這把弓不需要箭矢，能夠大幅提升獵人的續戰力。

唯一不開心就是蘇輕了，頂級的盜賊裝備全都是灰撲撲的。「好醜，我還是比較喜歡我的鳳凰外袍。」

「還嫌棄啊！」霜月舉起法杖，作勢敲他，想想又放下來，矜持地咳了一聲。她現在穿上了頂級的祭祀聖女套裝，渾身散發出淡淡的白色光暈，搞得跟聖母一樣，讓她下意識注意起形象。

「嗯……我能不能再買一個手鐲？素質不用太好，可是要漂亮一點的。」黑明忽然舉起手，笑得有些羞澀，「我想給雅美娜。」

眾人無語。

「這個給你吧。」阿殷從公會倉庫裡面領出一個飾品。雖然他說過只拿補給品，但這個手鐲沒多少錢，想必人家不會跟他計較。

他把手鐲丟給黑明後，就退出了公會，準備實行接下來的計畫。「趁著黑明去送禮的時候，我們要暫時分開。」

眾人眨了眨眼睛，不是很明白他的意思。

「分開太危險了。」

葉千秋直截了當地說，尤其是除了她跟蘇輕以外，其他人的等級都還不到三十等。

「我知道。」阿殷點頭，「但我們必須成長。」

「我們是一支很好的隊伍，好到我們能夠在各種危險的情況支援彼此，可是這樣下去不行，我們沒有機會把自己逼到極限。除了霜月以外，所有人都是全新的職業，我們要讓自己陷入危險，一個人解決、一個人成長，而後才能重新聚集在一起。」

阿殷一個字一個字說著，所有人都沉默了。

連葉千秋也不知道該怎麼反駁，她理智上知道阿殷說的沒錯，但情感上，她害怕會失去任何一個夥伴。「如果有人受傷，甚至……」她停頓了一會兒，終究沒能說下去。

「現在要是做不到，到時候也不用去挑戰上神了。」阿殷堅定地說。「除了黑明開著通訊以外，其他人都關掉，務必解完角色的所有個人任務，熟悉自己的職業技能，跟手上的武器培養出最好的默契。這是隊長的計畫，有誰有意見嗎？」

所有人都搖搖頭。

除了黑明，他有些猶豫地舉手，「爲什麼我要開著通訊？」

阿殷笑著瞪他一眼，「怕你蹲在那個NPC身邊，蹲到忘記正事！」

他把剩下的一點金幣分配給大家，「走吧，每個職業都有自己所屬的城鎮，全都給我回去把任務解完，在最短的時間內滿等！」

葉千秋深深吸一口氣，接過了金幣，率先走向傳送陣。

他們沒有回頭路，阿殷說的對，現在做不到，面對上神時也做不到。

她要相信隊友。

她最後回頭看了大家一眼，蘇輕對著她眨眨眼，送了一個飛吻。她離開奇拉城，飛向精靈森林。

❖

葉千秋挺直了背脊，身上的華服讓她幾乎寸步難行。她姿態端正地往前走，走入一處歌舞喧囂的殿堂。

殿堂中，居於高位的那名黑暗精靈眼睛一亮，踏下臺階，牽起她的手輕輕印上一吻。「眞美，我的公主。」

葉千秋優雅一笑，抽回了自己的手，旋身。「好看嗎？」

「跟妳比起來，相形失色。」黑暗精靈吐出曖昧的語句，再度牽起葉千秋的手，「到我的寢宮來，好嗎？」

葉千秋微笑，「如陛下所願。」

她溫順地讓黑暗精靈王子努席斯牽著，走進殿堂後的寢宮。

她垂下眼簾，眼底平靜無波，努席斯輕輕拉下她背後的拉鍊，華服落地，露出她雪白的酥胸，讓努席斯幾乎無法移開目光。太美了，白精靈一向這麼美，彷彿是精靈之神的眷寵。

而今天晚上，他就要玷汙神的寵兒了。

他渴望地舔了舔唇，向後退一步，半躺到大床上，朝著葉千秋招手。葉千秋輕移向前，溫順地跪在床沿，傾身吻住了努席斯。

努席斯心神蕩漾，兩人唇舌交纏。忽然，他掙扎著向後退，神色痛苦，「妳、妳對我做了什麼？」

他張口想要大叫，卻連一點聲音都發不出來。

臉色瞬間慘白的他向後仰倒，直接暈了過去。

葉千秋見他昏過去，立刻摘下他脖子上的小權杖掛飾。這是黑暗精靈的王權象徵，有了這個就能夠阻止他繼位。

她飛快地割裂床單，罩在自己身上打了個結。要她穿回那一身能壓死自己的華服，她還寧願裸身走出去，可惜她不是暴露狂，只能將就一下用床單了。

她從寢宮的窗戶躍出去，在夜色下完全隱藏起自己的行蹤。她將小權杖掛在胸前，迅速地從無數衛兵的眼皮底下溜走，一路潛行了好幾個小時，直到天色微亮的時候，才抵達黑暗精靈的駐地邊緣。

她從內衣裡掏出一個金色哨子，輕輕吹了一下。

一名金色的精靈從空中降臨，葉千秋恭敬地彎下腰。

「女王。」

這名金色精靈是個非常漂亮的女人，她的皮膚泛著象牙色的光澤，形體虛幻縹緲。這也是理所當然，因爲她已經死了數百年。

她冷冷地看著葉千秋，什麼話都沒說，只是伸出了手。

葉千秋毫不猶豫地摘下胸前的小權杖，即使她知道，擁有這個就能號令全世界的黑暗精靈NPC，還可以建立自己的駐地，成爲新的黑暗精靈王儲，但她仍然交了出去，看著精靈女王的手心冒出火焰，熔掉這根小權杖。

隨著權杖熔解，精靈女王似乎鬆了一口氣，然而她依舊沒有露出笑容，只是冷淡地注視著葉千秋。

「精靈，妳是精靈的子民。」

葉千秋理所當然地點頭。「是，我是。」

「不，妳的心不是。」精靈女王有些惱火，這大概是葉千秋與她打交道以來，見到她情緒最為外顯的一次。

葉千秋有些驚訝。「女王？」

精靈女王很快地收斂神色，抬頭望向月亮。今晚月色很美，銀盤高掛在天空，灑落流水般的柔和光芒。

「當妳不知道該去哪裡的時候，或許可以想想今晚的月。」

精靈女王注視著葉千秋，接著毫無預兆地消失。

葉千秋行禮如儀，對著精靈女王消失的地方欠身。

而後，她慢慢地走向森林邊緣，一開始她還能壓抑自己，接著，她越跑越快，如同一隻優美的豹，精準地撲向了目標。她爬上一棵樹，解下自己掛在樹枝上的包裹，幾乎是顫抖著拿出裡面的石板。

姓名：葉千秋

種族：精靈

職業：獵人

等級：100

她終於滿等了！

葉千秋反覆看了好幾遍才確定這件事，解完這個搶奪皇權的任務，她就把所有的個人主線任務都完成，等級也終於封頂了！

她高興得想跳起來大吼大叫，卻只是沉著地把石板扔回背包裡。

她轉身背過月色，奔向最近的城鎮。

她能回到自己的隊友身邊了！

葉千秋心跳如雷，很快開啟了傳送陣，回到他們約好的集合地點，鋼鐵之城。她站在城門口的雕像下，翹首盼望。

這些日子以來，他們約好每隔一段時間就聚在一起看看彼此，也一起挑戰較為困難的副本。而多數時間，每個人各自努力著，所有人都知道，他們並不孤獨，他們都在朝同一個目標前進。

好幾個月過去了，經歷各種艱苦的任務後，每個人都即將升上百等。她在最後這個搶奪皇權的任務卡關了很久，久到整個隊伍裡面只剩她跟黑明還沒滿等。

今天是大神最高隊約好要見面的日子，算算時間，她跟黑明應該都要完成最後一個任務了。

「嘿。」

肩膀被人拍了一下，她回過頭，看見一個能夠完美隱身在人群裡的盜賊咧開嘴對她笑。

「蘇輕！」葉千秋也笑了。「怎麼這麼早？約好下午的。」

「妳不也提早來了？」蘇輕揚眉。半年過去，如今他已經是一個合格且優秀的盜賊，能夠穿過任何人身邊，順手偷走對方貼身的物品，卻讓人毫無所覺；也能夠在戰鬥中摸到敵人的後方，悄悄收割敵人的首級。

葉千秋刮刮臉頰，有些不好意思，總不能坦白說她想蘇輕了吧？她轉移話題，「大家呢？」

蘇輕停頓了一會兒，指了指不遠處的旅店。「都在呢！訂了房間，就等你們。」

葉千秋沒想太多，跟著蘇輕走了過去，大家看見她都很高興，衝過來又拍又捏。滿等的精靈獵人現在整個世界也找不到幾個，據說最後一個任務非常坑人，過關的玩家都不肯輕易說出過關方法。

「那個任務完成了嗎？」身爲隊長的阿殷還是比較實際的，馬上詢問最重要的事。

葉千秋拋出石板證明，「自己看。」

「嘖嘖！」霜月讚嘆了一聲，她是最快滿等的，不過牧師的個人實力不是特別重要，著重的是團隊配合，她跟了好幾次野團磨練自己，差點沒露出馬腳。

「妳最後到底怎麼接近那個王子的？卡關了大半個月，我本來以爲妳會被難住。」霜月饒有興致地問。

葉千秋摸摸鼻子，「這妳就別問了。」

霜月看她這樣不自在，忍不住擠眉弄眼。「該不會是美人計？」

葉千秋瞪她一眼，臉上瞬間紅了起來。這樣都能被她猜對！「別亂說，總之完成了就是。」

她環顧四周，想找個話題引開霜月的注意力，接著忽然發現一件事，「黑明呢？他的任務進度跟我差不多，如果順利完成，今天也該過來了。」

阿殷接過話，臉色有些憂愁。「其實我們跟他失聯好幾天了，不管是寫信還是寄東西，全都沒有收到回音。我們想，他可能在任務的緊要關頭，總之再等等吧。」

葉千秋點點頭。也只能這樣了。

想不到他們這一等，就等了三天。

三天之後，他們還是沒等到黑明，反而等到了一個意外之客——逼迫葉千秋跟蘇輕踏上終結世界之路的人來了。

陳清看著他們，臉上有著說不清道不明的情緒。

葉千秋皺起眉頭，她一點也不願意跟這個人打交道。陳清心腸太狠，爲了達成目的，他是眞正能夠不擇手段的人。

她還沒來得及說什麼，陳清就開門見山。

「你們的隊友，死了。」

其他人是不認識陳清的，只聽葉千秋說過，因此他這話沒有人相信。

葉千秋非常戒備，「陳清，你想要什麼？」

「妳知道我想要的是什麼，我不會欺騙妳。」葉千秋一瞬間讀懂了陳清的表情，那是疲憊。

她覺得自己彷彿一腳踩空，下意識怒聲開口，似乎這樣就可以否定陳清說的話，「我不相信你！這樣做對你有什麼好處？你希望我們放棄嗎？」

陳清淡淡回應：「妳自己都回答了，這樣做對我自己沒有任何好處，所以我沒有騙人。我只是不希望你們浪費時間在尋找那個隊友上，才會特地來告訴你們。」

「你說找他是浪費時間？」

葉千秋怒不可遏，幾乎想衝上前去狠狠甩陳清一巴掌，蘇輕眼明手快，立刻拉住她。在城內攻擊玩家是絕對禁止的行為，葉千秋很有可能被守衛隊當場格殺。

「我只是陳述事實。」陳清毫不留情。「三天前，我在進行一個野外任務，他剛好在附近。你們應該都知道，他的最後一個任務是捕捉一隻山壁上剛出生的獵鷹幼鳥。」

葉千秋往後退一步，跌入蘇輕的懷裡，阿殷擋住她的視線，「繼續說。」

「獵鷹的窩築得很高，我親眼看著他慢慢爬上去。不知道是沒算好時間，還是過程中出了什麼差錯，就在他想要馴服幼鳥的時候，成年的獵鷹回來了。他被憤怒的獵鷹叼起，左右拋甩，最後直接從山壁上墜落。」

陳清面無表情，他並非懷著惡意敘述黑明死亡的細節，他只是覺得葉千秋一行人越早死心，就能越早上路，達成他的目的。

「他直直墜落到谷底，就躺在我面前，而後看見我，嘴裡喊了你們的名字，葉千秋、蘇輕、阿殷、霜月，所以我才知道他是你們的隊友。之後，他化為一道白光，就像一般玩家死亡時那樣，但我想，這個世界的死亡對我們來說都有更真實的含意。」

葉千秋說不出話，蘇輕緊緊地握著她的手臂，霜月晃了晃，幾乎不敢置信，只有阿殷捏緊了拳頭。「他還說了什麼？」

「他看著我說，我不知道你是誰，不過請你找到我的隊友，告訴他們，我不能達成大家的目標了，我本來就是隊伍裡面最沒用的那一個，請大家不要因為我而傷心、不要停下來，或許未來還有機會重逢。」

陳清如實重述了一遍黑明死前說過的話，末了加上自己的看法。「現在看起來，是不可能重逢了。我本來還心存僥倖，但果然死了就是死了。」

老實說，陳清自己也不知道為什麼會有這種巧合，如果換成其他玩家，真的能夠實現黑明死前的願望嗎？然而就是他出現在黑明面前，就是他把話帶到了葉千秋一行人這裡，告訴他們這個殘酷的事實。

「所以我想，你們可以不用花時間找他了。」

「你滾！你以為我們會相信嗎？」葉千秋尖銳地怒吼，她用力推開陳清，引起了附近守衛隊的注意。

「我說過，我沒必要騙妳。」陳清皺起眉頭，為什麼葉千秋就是不肯相信他？他乾脆掏出一條手環。「這是他化為白光之後掉在地上的裝備，你們認得出來吧？」

「我殺了你，我現在就殺了你！」葉千秋舉起手上的弓。

蘇輕緊緊從後頭攬住她，拚命地喊：「不能在這裡！不管妳想做什麼，都不能在這裡！葉千秋！」

「我的話說完了，我也該走了。」陳清把手環扔在地上，面無表情的轉過身，消失在城內。

第十三章

大神最高隊的士氣非常低迷。

他們甚至不知道自己該不該繼續下去。

這個遊戲世界是葉千秋跟蘇輕唯一能夠得到的安穩生活，也是阿殷跟霜月重生的機會，這裡如此眞實，眞實到讓他們相信，自己能夠一直在此處生活下去。

畢竟死亡這回事，人們雖然知道它就在那裡等著，卻永遠沒有眞實感。

黑明的死猝不及防。他們以爲所有人能夠一起走到上神面前，運氣不好就全軍覆沒，但如果運氣夠好，說不定能夠推倒上神，跟這個世界一起消失，卻沒想到，黑明會早一步永遠地離開他們。

他們幾乎想要放棄。

挑戰副本的最佳組合是五人隊伍，不管黑明說自己多麼沒用，沒有了黑明，他們就像是被硬生生削掉一隻手，少了一個能輸出還能控場的戰力。

阿殷本來已經擬定好推倒上神的戰術，黑明也是不可或缺的角色。

他們各自關在旅店的房間裡，好幾天都沒有交談，沒有人去問彼此的想法。

一旦交流，悲傷即匯流成河。

但這個世界的巨大齒輪已經開始轉動。

日光薄曦跟那群孩子不時會寫信給葉千秋，他們告訴她，即使上神的雕像已經被毀掉，留在這個世界的人還是越來越多，遊戲官方甚至因爲這樣而被起訴。

情況從現實傳到遊戲裡，連無法接觸外界的他們都得知了。

雖然沒有直接證據證明玩這個遊戲會使人成爲植物人，但是外界已經注意到這款遊戲的不對勁了，而在這個時代，想要逃避現實的人多不勝數，所以他們增加「同伴」的速度竟然越來越快。

他們不知道該如何是好，只能寫信給葉千秋。

在信件最後，日光薄曦這麼寫著：

告訴你們這些，只是希望讓你們知道狀況，我們從來都不希望你們去冒險。百級副本的難度太高，一旦死亡就不知道會去哪裡了，如果可以，還是希望你們回來，公會小屋裡留了你們的房間。

祝妳跟阿蘇一切安好。

日光薄曦

葉千秋反覆地讀這封信，她想提筆回信，卻不知道該寫些什麼。她怎麼做，都會有人失望。

而她最怕的是讓自己失望。

最後，她走出房間，到大廳點了一杯琴酒。

她舉杯，流淚，「敬黑明。」

其他隊員也都聚在這裡，一同舉杯，霜月抹了抹臉上的淚痕。「敬黑明。」

「也敬我們。」葉千秋一飲而盡。

所有隊員都明白她的意思。他們要出發了。

如同黑明所說的，他們不會停在這裡。這個世界已經被改變，再也回不去了，只能由他們幾個親手毀滅一切。

他們必須繼續並肩往前走，直到世界傾頹，即使前方只有死亡，他們也不會停下腳步。

❖

他們按照原定計畫前往百級副本。

滿等之後，就是打開這個副本的時候了，他們的等級和武器都已經封頂，沒必要耽擱太多時間，能過就是能過，不能過打幾次都一樣。

而且，他們也沒有多打幾次的本錢。

在他們即將推開百層高塔的大門時，突然出現的陳清攔住了他們。

「你們沒有補上第五個隊友。」陳清一臉不贊同。

「不關你的事。」葉千秋冷淡地回答，連瞅他一眼都沒有，她不想浪費心力在這種人身上。陳清只想得到結果，根本不在乎死了誰。

「怎麼不關我的事情？」陳清顯得有些暴躁。「你們本來勝算就不高，百層高塔，

BOSS還在最上面那層，你們要走到他面前，中間不知道得經歷多少危險！」

「怎麼？你忽然決定關心我們的死活？」葉千秋嘲諷地一笑，終於正眼看向陳清。

「我是關心你們能不能完成任務！」陳清低吼，眼裡有些血色。「滿員都可能做不到的事情，我沒想到你們竟然打算憑四個人就去挑戰。」

「你到底想怎麼樣？」葉千秋低下頭，感覺有些疲憊。他們現在最不需要的就是有個人一直在旁邊提醒他們做不到。

「我加入你們！」陳清忽然喊了出來，「對，這是最好的辦法！」他掏出自己的石板，身爲葉千秋的「同類」，他當然擁有一塊這樣的石板。

葉千秋沒接，不過她看見了。

姓名：陳清

種族：惡魔

職業：法師

等級：100

陳清也和他們一樣滿等了，這的確是個好提議。他一心想打過這個百級副本，不可能扯後腿，他會用盡一切力量完成任務，即使隊友死在他面前，他也不會眨一下眼睛。

「我拒絕。」只是葉千秋不假思索地搖頭。「你不是我們的一員。」她平靜地說著，眼底流露出淡淡的鄙夷。

陳清幾乎快瘋了。這群人腦子壞了？

他不厭其煩，「我是最好的選擇，我滿等，而且我知道你們想做什麼，我可以替你們達成。葉千秋，不要被妳的私人情感影響！」

葉千秋眼底的嘲諷之色更加明顯。「我如果不被私人情感影響，現在就不會站在這裡。」

我會帶著我的隊友遠走高飛，放任這個世界吞噬無數靈魂。

但我無法視而不見，無法看見你殘殺那群孩子、無法看見這個世界奪走更多人的未來，所以才會站在這裡。

陳清挫敗地抹臉。「如果妳希望我道歉，我可以開口。對不起，我只是……」

「不必。」一直旁觀的阿殷忽然開口打斷他。「我們不需要你的道歉。」他轉頭看著葉千秋，「我們只需要你加入。」

「阿殷！」

「隊長！」

所有人都不敢置信，阿殷卻露出一個殘忍的笑容。「我們不需要隊友，但需要一把稱手的武器，在抵達第一百層之前，你必須替我們開路，我們會利用你，利用到你剩下最後一滴血。陳清，既然你要我們死在這裡，那你也別想回去。」

陳清也笑了，笑得那樣無所謂。

「我從來沒想過要回去。」

他只希望自己的弟弟能回家。

他提出入隊申請，走在所有人前面，率先打開百級副本的大門。

副本裡幽暗不明，霜月釋放了一個光球懸浮在大家頭頂。進來的那一瞬間，他們接到了系統提示，才知道這個副本的名稱——死亡象牙塔。

原來這是一座象牙塔，只能進來不能出去。

他們往前走，心裡知道每一層樓都是一道關卡。他們不知道自己能走到第幾層，運氣好的話，或許能夠推開最後一層的大門，走到上神面前，運氣不好的話，或許會一個一個折在這裡。

所有人都很清楚，這也是阿殷最後會同意讓陳清加入的原因。他們需要盡可能尋求活下去的機會，才能走得更遠。

「來了！」

一直走在前頭的陳清忽然開口。他的軀體瞬間化爲血霧，飄散在空氣中，幾具盔甲從走道的另一端搖搖晃晃地走過來。

盔甲數量不多，大概十幾具，看起來速度不快、防禦力不錯，攻擊力還不清楚。阿殷伸出手，示意眾人退後一步，「交給你了。」

他說到做到，剛剛在塔外講的那番話並不是開玩笑。

陳清沒回答，血霧往前一撲，如同一陣風般捲過那些盔甲，鑽了進去，盔甲散落一地，再也無法動彈。

陳清重新聚攏爲人形，臉上的神情毫無變化，繼續往前走。

他不在意被利用，也不在意只有他一人對敵，他願意用自己的血替葉千秋他們鋪路，鋪成一條讓弟弟回家的路。

他除掉了所有前來攻擊的盔甲，第二層的大門爲他們敞開。

「傳言果然沒錯。」

晚上休息的時候，阿殷若有所思，看向葉千秋。他的話沒頭沒腦，葉千秋卻聽懂了。

「轉化爲惡魔之後，攻擊力跟敏捷度都會提升好幾個等級。」阿殷繼續說。

「但惡魔這個種族，不是要再過好幾次改版之後才會開放？」葉千秋回想著她以前看過的遊戲資料。惡魔與神的戰鬥篇章，將在空中交通工具完全發展成熟之後才會展開，那時也才會提供惡魔這個種族讓玩家選擇。

「或許吧，可是這個世界已經跟我們原本認知的不同了。」阿殷搖搖頭，放棄去思考這些，眼下他們有更重要的目標。

所有人都睡了，他們待在一個讓玩家能夠暫時休息的房間內。今天一整天，他們穿過了前十層，怪幾乎都是陳清由一個人解決的，除非有不長眼的摸到後方來，否則葉千秋他們連武器都沒拿起來。

一直聽著葉千秋跟阿殷說話的蘇輕忽然默默站起身，走到遠處的陳清面前站定。

沉睡中的陳清若有所覺，睜開了眼，「什麼事？」

蘇輕居高臨下的看著他血紅色的雙眸，心裡想著，如果一個惡魔可以穿過十層百級高塔，那兩個呢？他答應過要幫葉千秋完成任何她想做的事情。

他面色如常，開口。

「怎麼樣可以轉化成惡魔？」

❖

隔天，他們繼續上路。

關卡難度明顯提高，每一層難度都會增加，而每十層會有一個顯著的躍升。陳清應付得越來越吃力，血霧已經派不上用場了。

他屢次召喚真正的惡魔，就跟葉千秋他們第一次看到的一樣，巨大的、形體醜陋的惡魔，從陳清的體內爬了出來。

每一次召喚，陳清的後背都會被撕裂一次。

到最後，他的背部已經體無完膚，不斷地流著鮮血。

但他從來沒回頭，只是不斷地往前走，即使臉色越來越蒼白，腳步也越來越緩慢，他依舊不斷殺掉來犯的一切怪物。

死亡的象牙塔是一個暴力的副本，不存在任何機關跟難題，只有用絕對的武力才能打通，跟命運中的其他副本都不太一樣。

直截了當的考驗，百等玩家才能踏入的地獄。

第三天傍晚，他們來到了第二十八層。這層的難度非常高，怪物如潮水一般湧來，葉千秋他們還是沒出手，不過終究有漏網之魚，一隻魔法師的亡靈從地底穿過，直接抓住了霜月的腳踝。

霜月沒有尖叫，冷靜地抬起法杖就想狠狠敲下去。

但她的法杖敲到了陳清那隻蒼白的手，他從前方趕過來，在她的面前捏爆亡靈的頭顱，對著她輕輕一笑，像是在告訴她：沒事，我會保護你們。

霜月不知道該說什麼，她忽然有點想哭。

不能這樣對待隊友的。

不管出於什麼原因，不管有過多少糾葛，都不能這樣對待隊友。

她舉起法杖，一個高級治癒術降臨在陳清鮮血淋漓的背上。傷口迅速癒合，新生的疤痕覆蓋在上頭，只留下淺淺的痕跡。

陳清有些訝異，隨即不假辭色。「別為我浪費魔力，好好保存！說不定我什麼時候就死了，你們必須繼續往前走！」

霜月愣住了，這人一直認爲自己下一秒就會死，所以才打得這麼拚命嗎？

她咬住下唇，正努力想說些什麼的時候，一支箭破空而去，射中陳清面前一具燃燒著的鎧甲，葉千秋面無表情。「少廢話，活下去！」

陳清皺起眉頭，沒再跟他們爭。

他們才走不到一半，路還長得很，他能夠活到什麼時候，沒有人知道。

他邁步往前走，接下來的路程，身為守護者的阿殷扛起了雙手巨劍站在他身旁，分攤了大部分的仇恨值，讓陳清能夠更專心地輸出。

有了其他隊員加入，他們推進的速度加快很多，第五天的時候就抵達了第七十層。

但那天晚上休息的時候，所有人的心裡都暗暗擔憂。

補給不夠了。

他們跟普通玩家不同，所有家當都裝在背包裡，儘管在出發之前，大家已經盡量捨棄了不必要的東西，可是區區一個背包又能裝下多少補給品？

「要放棄嗎？」阿殷覺得這是一個很好的停損點。

他們還沒有折損任何一名隊友，而且賺了一次進副本的經驗，想必下次進來，他們能夠更駕輕就熟。

隊員們都知道他的意思，甚至連陳清都沉默了。畢竟他是希望葉千秋能成功，而不是希望他們去送死。

「不。」葉千秋開口了，她搖頭，「下次來也不會改變。」

下次來，他們能夠帶上的補給品仍然只有這些，即使再怎麼節省，他們依舊走不到最後一層。

「那接下來的關卡呢？我們走了七十層，已經確定這裡不存在任何捷徑，除非殺掉所有的怪，否則通往下一層的大門不會打開。我們不可能在沒有補給品的狀況下，走完剩下的三十層。」阿殷點出問題。

葉千秋抿緊了唇，正想回答，一道聲音卻先一步從身旁響起。

「我們得改變打法。」

是蘇輕。

他站了起來，瞳孔跟星星一樣燦爛。他這一陣子都很沉默，葉千秋知道他心裡有事，卻不敢去問。

她害怕聽見蘇輕怨懟自己，怨自己不肯跟他留在這個世界，怨自己要親手摧毀他們唯一能夠擁有的平靜。

她看著蘇輕，覺得他一瞬間高大了起來。

這個身形單薄的瘦弱少年，過去臉上總是掛著半真半假的笑，現在卻收起了所有戲謔，認真說著自己的計畫。

「沒死，就不要用補給品。」蘇輕開口。他的想法很直接，在這個副本裡，每層樓都有一個休息的空間，待在那個空間裡面就像待在村莊裡的安全區一樣，血跟魔力都會慢慢回復。

他要節省使用補給品的次數，盡量利用這個空間。

阿殷不贊同地搖頭，「太危險了。」

他們這一路走過來的打法都是有傷就補、缺血就喝，將死亡的機率降到最低，現在蘇輕反而要讓隊員死亡的機率提高，以減少補給品的消耗？

蘇輕點頭，「我知道，所以由我跟陳清出去，你們待在每一層的安全空間，只要我們沒死，休息一天就好。」

葉千秋霍地站起來。「我反對。」

蘇輕對著她搖頭。「這是最好的辦法。太危險了，我們得把傷亡控制在兩個人以內，就算我們死了，你們也還有坦、補、打，三個能夠推倒BOSS的重要職業。」

他指的是守護者、牧師、獵人。

「我跟陳清都是打手，可以犧牲。」

他平靜地看著葉千秋，眼底彷彿有火焰跳躍。

葉千秋說不出話，只能搖頭。她理智上知道蘇輕說的對，但情感上無法接受。

蘇輕按了按她的肩膀，彎下腰，在她耳邊輕輕開口。

「這三十層不會是我們之間的距離，就算我先走，妳也會跟上。」

他相信葉千秋絕對可以打倒上神，結束這個世界，到時候，他們會跟著這個世界一起陷落。

那樣子，他們又能重逢了。

葉千秋聽懂了他的意思，她注視著蘇輕，終於點頭。

等我，我一定會毀掉這個該死的世界，我們肯定能夠再相遇，即使是在沒有盡頭的沉眠裡。

蘇輕抬起頭來，微微笑了。

笑得就像當初他們困在畫裡面時，那樣的風華萬千。

❖

接下來如同蘇輕所說，他們每進入一層樓就先找到系統設置的安全房間，葉千秋、霜月、阿殷待在裡面，他跟陳清則開始掃蕩整層樓的怪物。

一直到通往下一層的大門打開，他們才會一起上樓。

很辛苦。

眞的很辛苦。

最後三十層的關卡，絕對不是靠兩個滿等打手就可以撐過的，更何況他們還盡量不使用補給品。蘇輕跟陳清好幾次都在死亡的邊緣徘徊，要不是陳清的惡魔體質足夠強悍，一個能抵三個，蘇輕又對危險的感知相當敏銳，他們兩個恐怕早已死了千百遍。

饒是如此，他們還是艱辛地爬上第九十層。

這些日子以來，葉千秋越來越沉默，她覺得自己正看著蘇輕逐漸死去。蘇輕跟陳清身上的傷越來越多，尤其是蘇輕，他們進來一個多月了，他看起來隨時都會垮下。

他的精神越來越疲憊，每天晚上回到安全房間的時候，幾乎都處於昏睡狀態。即使霜月能治癒他身上所有的傷，他的精神狀況依然一天比一天差。持續進行高強度的戰鬥，已經耗損了他所有的精神。

他就像是一塊外觀完好的蛋糕，裡頭卻已經全部塌陷。

就算葉千秋相信蘇輕不會崩潰，也還是覺得蘇輕身上的傷總有一天會多到帶走他的性命。

第九十七層。

那天早上，葉千秋握住了蘇輕的手。

蘇輕回頭看著她，「沒事，我沒事。」

他知道葉千秋想說什麼，於是趕在葉千秋開口前輕輕掩住了她的唇瓣，「我們說好了，我等妳。」

就算我死了，也一定等妳。

葉千秋說不出話來，心中的不安越來越強烈，她忍不住伸手擁抱住蘇輕。在他懷裡，她認眞開口。

「蘇輕，我只有你。」

她沒有說什麼喜歡啊愛啊之類的話，她只說，她只有他。

蘇輕的心臟一陣抽痛，他低下頭，看著懷抱裡嬌小的葉千秋，她抱得那麼緊，像是下一秒他們就會失去彼此。

「葉千秋，我曾經覺得沒有比活下去更重要的事情，一直到遇見妳我才知道，如果失去了妳，我一個人活下去才是最可怕的懲罰。」

「你可以不用這樣，你是天狐啊……」

葉千秋掉下眼淚，淚水滴落在地板上，像是破碎的花瓣。「要不是我，你不會在這裡，要不是我，你還是天狐，即使沒有自由，你仍然還是你……」

蘇輕搖頭。「可是遇見了妳，我很快樂。」

第一次見面時殺氣騰騰的妳。

在畫裡被我吻住時那樣羞澀的妳。

脆弱地抱著我的妳。

病得幾乎消散的妳。

在遊戲裡意氣風發的妳。

現在，在我面前落淚的妳。

「葉千秋，我們會永遠在一起。」他也沒有說什麼情啊愛啊之類的話，他只是執起葉千秋的手，在她的手心烙下一吻。

葉千秋看著他走了。

手心上的吻仍舊溫熱，她握緊了手，想相信自己握住了蘇輕的命。

她只要一直、一直握著，蘇輕就不會有事。

但那天晚上，陳清一個人回來了。

他傷重得幾乎瀕死，霜月不要命似的不停往他身上砸治癒術，他痛得就要暈過去，卻仍然強迫自己睜開眼睛，一字一句對著葉千秋說。

「蘇輕死了。」

葉千秋沒說話，她只是慢慢地站起來，輕輕拿起自己的弓，走了出去。

沒人敢攔她，甚至連阿殷都沒開口，他只是蹲在陳清身邊。

「說清楚。」

陳清抹去嘴邊的血，說起今天發生的事情。

第九十七層的怪物非常狡猾，是象牙塔裡的魔法師所飼養的一群人魚。不知道爲什麼，魔法師都死光了，這群人魚卻活了下來，她們在塔內四處悠遊，不受限於水中。

最麻煩的地方在於她們精通幻術，只要聽見她們的歌聲，就很可能遭到迷惑，然後被引至她們的巢穴，讓年幼的人魚吃掉。

一開始蘇輕跟陳清沒有提防，中招了好幾次，還好都在走到巢穴之前清醒過來，殺掉了歌唱的人魚。

他們幾次逃脫之後，甚至反過來獵殺人魚，畢竟她們僅僅擁有製造幻覺這項技能，只要不走進巢穴，基本上是非常弱小的怪物。

然而，就在他們即將將人魚掃蕩一空的時候，其中一隻發出了呼喊。

蘇輕，來救我！

來救我、來救我！

是我，我在這裡……

那隻人魚沒有歌唱，而是發出了葉千秋的聲音。

陳清當下大驚，他當機立斷，馬上想殺掉那隻人魚，卻反遭蘇輕攻擊。

「蘇輕！醒醒！那不是葉千秋！那是陷阱！」

蘇輕從迷茫之中清醒過來瞬間，卻仍然搖頭，「陳清，不管是不是陷阱，我都得去。我不能讓葉千秋遇到一丁點的危險，即使代價是我的命，我也要去救她。」

蘇輕的軟肋就是葉千秋，陳清知道他們沒辦法在這點上溝通，所以直接施法砸向那隻人魚，但蘇輕拚死保護那隻人魚，不管陳清說什麼，他都堅持要跟著她回到巢穴。陳清沒辦法，只好一路尾隨，直到看見蘇輕真的進了巢穴，他逼不得已，也跟著衝了進去。

然而，什麼也沒有。

無論是誘拐蘇輕的那隻人魚，還是年幼的人魚們，全都消失了。

通往下一層的門卻打開了。

陳清終於知道，這是這個關卡的後招，必須犧牲一個隊友才能找到眞正的門，否則不管他們殺了多少人魚都無法通關。

他跌跌撞撞地回來，身上的傷大多是蘇輕砍的，也是因爲這樣，他才會重傷至此。

阿殷聽完後，只說：「等葉千秋回來。」

他們這一等就等了三天，第三天深夜，葉千秋終於拿著弓回來。她沒有受到任何傷害，畢竟這裡的人魚全被陳清跟蘇輕掃蕩完畢了。

她沒說話，只是蜷縮在角落裡，一整夜都沒動彈一下。

大家知道，她在流淚。

隔天早上，葉千秋爬了起來，神色憔悴萬分，一雙眼睛卻炯炯有神。「蘇輕的打法失敗了，剩下來三層我們一起走，直接攻破這個副本。」

她垂下目光，心裡沒說出來的話是——

她不想讓蘇輕等太久。

第十四章

最後三層，葉千秋豁出去般的打。

她毫無保留地用最快的速度攻擊，箭花翻飛、矢影隨行，她沒有後退過一次，甚至在怪物近身的時候，掏出匕首狠狠地砍翻對方。

她打得像是不要命一樣，好幾次都跟死亡擦身而過，阿殷跟其他隊友自然看得出來，但大家都沒說話，默許她的舉動，盡量保護著她。

阿殷甚至讓霜月把第一看顧對象換成她，畢竟以葉千秋這種打法，阿殷幾乎拉不到多少仇恨值，怪全被她吸走了。

只有陳清微微皺了皺眉，如果葉千秋死了，他們將幾乎可以說是毫無勝算，可他想了想，最終仍然沒說什麼。

他也知道葉千秋需要發洩，如果不把悲傷發洩出來，她撐不下去。

第九十九層。

推開最後一層的大門前，葉千秋抹了抹滿是血汗的臉。「對不起，隊長，我把隊伍的指揮權還給你。」

她很清楚，她這兩天的打法，根本是直接暴力地搶過了隊伍的指揮權，即使她沒有命令大家做什麼，但所有人都配合著她。

她鬆開手裡的弓，跪坐在地上。

對不起，蘇輕，但我需要休息。

阿殷理解地點頭。「沒事，我們終於走到這裡了。」

其實葉千秋大爆發也不全是壞事，至少讓他們在補給品不足的狀況下，還是走到了最後一層。她的全力輸出，也令阿殷、霜月、陳清調整到近乎完美的狀態。

他本來想伸手拍拍葉千秋，然而看著葉千秋有些茫然的表情，他知道，什麼安慰對她來說都沒有意義。

她只希望蘇輕回來，或者毀掉這個該死的世界。

他們決定先原地休整，等葉千秋回復體力，也讓大家好好休息，準備在明天的第一道曙光亮起時，走向他們這趟旅程的目的地。

天堂，地獄，即將分曉。

❖

第一道曙光斜斜穿過第九十九層高塔的窗子時，所有人已經整裝待發，提著自己的武器站在大門前。

阿殷環顧四周，葉千秋目光沉靜如水，已經進入最佳戰鬥狀態，霜月則是微笑看著他。牧師永遠追隨守護者。

至於陳清，他站得遠了一點，即使他已經是他們的隊友，隊伍中依舊得留下黑明跟蘇輕的位置。

而他自己是大神最高隊的隊長，必須帶領隊伍拿下勝利。

阿殷清了清嗓子，開口。

「我們只有一次機會，沒有下次了，要毫無保留地打，以通過這個副本爲目標，以——結束這個世界爲目的。」

他揣了揣懷中的一樣道具，閉上眼睛，再度睜開的時候，神采飛揚。身爲一個隊長，擁有一支無條件信任自己的隊伍，比獲得任何勝利都來得有價值。

他說出最後一句話，「這話雖然很老套，但我還是要說，只許成功，不許失敗。」

眾人應下。聲音不大，卻很堅定。

他們終於推開前往最後一層的大門。

門後是一個圓弧狀的房間，看起來，最後一層就只有這個空間，沒有任何多餘的東西。四周非常安靜，完全沒有怪物的蹤影。

葉千秋往前走一步，凝視著對面安坐於寶座上的老人。

「世界法則，我來了。」

聽見她的聲音，老人微微一動，接著張開眼睛，彷彿剛從無邊的沉眠中甦醒。他看著葉千秋，眼裡慢慢亮起光采，然後站了起來。明明只邁開一步，老人卻瞬間走到了葉千秋面前。

「妳來了。」

葉千秋點頭。「是，我來了，我來結束這個世界。」

「妳做得到嗎？」世界法則問。

「不知道。」葉千秋乾脆地搖頭。「但我有不得不做到的理由。」

「那隻天狐呢？」世界法則問。

「死了。」葉千秋平靜地說，眼底沒有流露出任何怨恨的情緒。這是她的選擇，怨不了誰，要恨也只能恨自己。

「哦！」世界法則看起來很驚訝，他攏了攏手，「葉千秋，這樣有意義嗎？這是我給妳的平靜世界，妳應該已經發現，這裡由妳主宰，這個世界會回應妳的期望。妳看，妳的隊友不就站在妳的身後嗎？」

「這個世界就像一隻巨獸，而我的希望是牠的餌食，牠靠著我的希望茁壯，最後瘋狂並徹底失控。」葉千秋垂下眼簾，握緊了手上的弓，「我沒有辦法馴服牠，所以只能結束牠。」

她舉起弓。「開始吧，上神。」

上神點頭。「這是妳的選擇嗎？與我爲敵。失敗的話，你們全部都要死在這裡，而成功的話，妳跟妳的隊友會隨著這個世界一起消失。」

葉千秋不敢回頭，但阿殷向前一步，「這是我們所有人的選擇。」

霜月握住她的手，陳清跪地，開始召喚惡魔。

葉千秋此生最爲艱難的戰鬥，開始了。

身爲這個世界的最高信仰，上神強大無比，如同他之前對葉千秋說的，他的等級一百，血量一千萬，攻擊力三萬五千七百六十七，技能共有六種，四種單體技、兩種範圍技，還會召喚光潔天使，一次十二隻，總共三次。

葉千秋他們面前出現一支天使軍團，十二隻天使高舉著手中雙戟，飛向葉千秋一行人。

「獵人、牧師後退！法師開血霧，攔住他們！」

阿殷飛快地下達指令，在這種精神需要高度集中的戰鬥中，他習慣以職業做爲命令的主詞，以維持大家的敏銳度。

他舉起雙手劍，開始攻擊上神，拉住了所有仇恨，霜月的治癒術如流水一般加諸在阿殷身上。

他們知道，這會是一場持久戰。

開始戰鬥之後，上神不再說話，戰場上只有阿殷堅定的指揮聲不斷響起。葉千秋跟陳清很快解決第一波光潔天使，上神再度開始施放技能。他高舉雙手，手上的法杖用力一頓地，圓弧形的屋頂降下光暈，籠罩在陳清身上。

「隨機傷害！快躲開！」阿殷飛快地做出判斷，他增加自己的輸出，希望能夠在上神的施法結束前打斷他。

但上神防禦力極高，就算阿殷不斷打出傷害，也無法阻止咒語的吟唱。陳清左右移動，怎麼樣都擺脫不了身上的光暈，忽然間，一道落雷狠狠從天而降，他整個人馬上被烤熟了。

他直接倒地，每個人心裡都是一緊，沒有人想到，他們會在這麼短的時間內失去一個隊友。不久，地上焦黑的陳清屍體突然發出嗶嗶剝剝的聲音，裡頭爬出一名赤紅色的惡魔。

是陳清還是……

阿殷決定賭了，他繼續發號施令。「法師保護好牧師！繼續輸出！」

那隻惡魔隨即奪過陳清屍體上的法杖，一個火球術飛向上神。

太好了！還是他！

所有人鬆了一口氣，阿殷再度下令。「牧師幫全體附加狀態，增幅所有的傷害，法師維持輸出，下一波天使由獵人解決！」

陳清的下場告訴他，那個隨機傷害的攻擊力太高，不可能不斷使用，這樣就破壞遊戲的平衡了。官方不會設計出無法通關的副本，所以，他推測隨機傷害頂多只能使用三次，而且一定有方法可以打斷。

光潔天使再次出現，只是這次的等級明顯比上一波高出了一截，他們手裡的武器換成了弓，對準後方的霜月就射。

即使戰況這麼緊張，葉千秋也忍不住佩服阿殷。她本來還不懂爲什麼要換成陳清來保護霜月，但一看到這些天使的武器，她就懂了。

只有法師才擁有大範圍的攔阻技能。

徹底化身爲惡魔的陳清高舉法杖，一大片電網立刻成形。

接著，他將法杖插進地板，地面上出現一大片泥沼，開始吸取上神的生命值。

葉千秋飛快地拉弓，萬分慶幸她現在手裡是不需要消耗箭矢的祝福精靈弓，她每一箭都準確地射中光潔天使的頸部，這是能夠打出最大傷害的位置。

光潔天使一個接一個消失在空氣中，散落了一地的武器跟裝備。

沒有人去撿拾，大家都在提防上神的隨機傷害。

這次選中的是霜月。

當霜月看見黃色光暈籠罩住自己的時候，心臟立刻漏跳了一拍。她是牧師，是所有職業裡面防禦最低、血量最少的，上神這次竟選中了她。

她一咬牙，所有魔力傾洩而出，增益的法術跟治癒術毫不吝惜地落在隊友身上。她就算死，也要發揮最後一分力量！

阿殷卻馬上喝住她。「霜月，冷靜！」

霜月一愣，阿殷的聲音再度響起，「妳脫離戰鬥！」

「怎麼脫離？」霜月邊問邊往後跑。的確，在戰場上只要跑得夠遠，就有可能脫離戰鬥，但他們此時是在副本裡，全地圖都是戰鬥範圍啊！

這種事阿殷當然不會不知道，可是他不能不試，失去牧師等於摧毀這支隊伍所有的續戰能力。

然而，他這次賭錯了，霜月都已經跑到了門邊，身上的光暈還是片刻不離。

她握著法杖的手微微顫抖，知道自己這次必死無疑，但她依然無條件地信任阿殷，沒有再試圖浪費自己的魔力。

「脫掉一件裝備！」

葉千秋忽然大吼。她曾經在某個副本中過定身術，怎麼樣都無法掙脫，最後是脫掉了一件外袍才得以脫身。

現在，或許這是霜月跟他們的唯一機會。

霜月一愣，接著立刻脫掉身上的白色斗篷。她拋下斗篷，拔腿跑回場中，甚至來不及回頭看，怒雷便再次從空中打下來——打在那件斗篷上。斗篷瞬間化爲灰燼，霜月則安然無恙。

所有人鬆了好大一口氣，阿殷立刻下達新的指令。「第三波天使由……法師負責。」

他停頓了一會兒，想想又補充了一句，「獵人支援！」

他全力拉住上神的仇恨，現在沒有辦法分身過去幫忙，不過他依照經驗判斷，這次的天使軍團很可能會是最難對付的，甚至也許會具備「衝鋒」的技能。天使軍團三次的陣型都一樣，第一次是防禦，第二次是遠程攻擊，這次就該是近距離攻擊了。

「衝鋒！」

果不其然，天使們高聲怒喊，浩浩蕩蕩衝向了霜月所在的位置，陳清立刻化爲血霧，準確地纏上每一名天使，不過這次他一侵入天使們的盔甲就知道不對。

他知道爲什麼阿殷剛剛下令時會停頓了。

他是惡魔，是邪惡屬性，而這些天使是正義屬性。

他的每一縷血霧都像是沸騰般難受，如果無法汙染這些天使，他就會被淨化！

但陳清沒退。他的身後是霜月，他不可能退。

他看了一眼持續拉弓輸出的葉千秋，閉上眼睛，緊緊地纏上天使。

他的血霧拚命地鑽進天使體內，感受到痛楚與灼熱，他想著自己的弟弟，覺得這一切都無所謂。

你一定要回家，一定要回去。

他絞碎一個個天使的軀體與內臟，所有血霧往外噴飛，天使的每一滴血液都被他汙染殆盡，但他再也無法凝聚回惡魔的身體，做為代價，他也被淨化了。

陳清飛散在空氣中，消失不見。

阿殷回頭看了一眼。「繼續。」

葉千秋看著陳清消失的地方，手上的箭射得越來越快。

霜月高聲吟唱，阿殷身上綻放出燦亮的火焰，守護者終於累積了足夠多的怒氣值，使出了雷霆一擊。他的雙手劍狠狠砍在上神腰部，上神的動作停頓了幾秒，被打出近千傷害。

這是他們對於隊友死亡的憤怒！

上神的血量降到了一半以下。

所有人都非常疲憊，精神卻越來越集中，上神的單體技跟群體技一一被他們擋下。上神的攻擊力的確很高，但只要霜月能拉住阿殷的血量，他們就有機會獲勝。

這時候，異變發生。

上神開口了，「褻瀆神的旨意，違背世界的規則，天堂之門將不再為你們敞開，你們只能走向地獄。」

沒人聽得懂他在說什麼，上神舉起手，指著阿殷。

「下地獄吧！天懲——」

他指尖竄出的光芒牢牢捕捉住阿殷，光芒開始燃燒、爆裂，阿殷身上不斷飄出越來越多的紅字傷害。

霜月的治癒術要拉不住了，這時，阿殷當機立斷，開啟了無敵狀態，這是守護者的天賦技能，五秒內無敵，無視所有傷害。

但五秒過後，金色的光芒仍然持續燃燒，治癒術補血的速度完全跟不上阿殷被打出傷害的速度。

葉千秋手上的箭射得更快了，她想打斷這什麼該死的天懲，可是不管她如何增加輸出，甚至毫不保留地榨乾自己的魔力，阿殷的血量還是不停下降。

至此，他們都知道了。

這是絕對無法攻破的單體技能，除非犧牲一名隊友，不然天懲不會結束。

阿殷立刻頭也不回地大喊，「我算過了，他的血量只剩下兩千，就算我死了，你們也有機會一搏！霜月，妳盡量照顧好千秋的血量，讓她活到最後一秒！」

他喊完這些話，血量即將見底。

但忽然，一道神聖的藍色護盾降臨在他身上，他驚愕地回頭望去，連手上的動作都停了下來。

霜月對他微微一笑。

「補師永遠不能看著坦倒在自己面前。」她施放了一個高級護盾術，用自己的性命做爲護盾，扛下了天懲的攻擊，而後化爲一道白光。

阿殷幾乎要握不住手裡的雙手劍，他轉過頭，覺得自己的眼睛無比酸澀。

妳是所有坦夢寐以求的補師。

「啊——」

他大喝一聲，用力劈向上神。只剩下一千滴了！

他跟葉千秋全力輸出，沒有霜月的治癒術，阿般的血量很快下降至一半左右，葉千秋慢慢向前，放棄了獵人的遠距優勢。

她平靜地開口。「把仇恨轉給我吧！剩下一千滴血，很有可能引出什麼爆發性的殺招，你血量比我多，活下去比我更有希望打倒上神。」

「不。」阿般搖頭。「妳的輸出遠比我多上好幾倍，留妳下來，我們才有希望。」說完這些，他從背包裡掏出當初在矮人之島獲得的那樣寶物。

無線引爆裝置。

他把裝置掛在自己的脖子上，按下小紅盒裡頭的按鈕。

葉千秋看得清楚，時間開始倒數。

十、九、八、七、六……

「千秋，走！」

他大吼一聲，往前撲去，死死抱住了上神，火光瞬間炸開。

阿般把引爆裝置掛在自己的脖子上，是爲了確保炸藥能夠把上神炸上天。

而他眞的做到了。

上神跟葉千秋都被炸藥的威力彈開，葉千秋離得遠一點，只受到一點傷害，上神就不一樣了，一個大大的傷害飄了出來。

-900 HP

最後一百滴。

葉千秋發瘋似的不斷拉弓，她顧不得準度，更顧不得打出了多少傷害，一百滴，這是最後的距離，這一次失敗，她就什麼都沒有了。

沒有蘇輕、沒有隊友、沒有重來的機會、沒有那群孩子回家的希望。

可是上神忽然笑了。

他無視身上不斷浮現的傷害數字，只是呵呵笑著，似乎非常愉悅。「葉千秋，你們眞的讓我非常驚訝、非常驚喜。」

葉千秋心裡一緊，下一秒，上神舉起法杖，藍色的光芒降落在他身上。

像一道月光、一道河流，更像一道頂級治癒術——上神的血量轉眼間幾乎回復了一半。

葉千秋不敢置信，怎麼會？

「我的最後一招單體技，神的恩賜。」

上神微笑著，將法杖舉得更高，一顆火球就要砸向葉千秋。這時，一道野獸般的嘶吼聲猛地暴起，葉千秋身前閃過一道白影。

一隻巨大的九尾天狐擋在她面前，揮爪將火球推向遠處。

葉千秋的視線一陣模糊。「蘇輕……」

回應她的是昂揚的九尾。

蘇輕沒有回頭，而是直接撲向了上神，跟這個看似孱弱卻無比強大的老人纏鬥。兩人在場中遊走，上神的法術似乎對蘇輕沒有效果，蘇輕的爪子也總是碰不到上神。

上神看見九尾天狐出現，似乎非常驚訝，不過下一瞬間，他又笑得十分開心。「身體比腦袋的反應還快啊！但很可惜、很可惜，你仍然不懂。」

他的法杖轉變成一把長劍，狠狠地砍向九尾天狐。

九尾天狐四處閃避，很快就開始喘氣。上神的速度太快，而牠還要保護身後的葉千秋，牠能夠擋住這些亂七八糟的落雷跟火球，葉千秋卻是不能的。

牠有意遠離葉千秋，眼前的老人卻像是明白牠的打算，每一下都直朝葉千秋攻擊過去。

牠在攻擊跟守護之間不斷切換，很快就左支右絀。即使葉千秋已經察覺上神的意圖，盡量遠遠避開，依舊只能看著蘇輕慢慢力竭。

他們四個人合力才把上神的血量打掉九成，之後上神一揮手便回復了過半的血量，饒是蘇輕如何努力，氣力也終究在上神剩下一千滴左右的血量時放盡。

九尾天狐轟然倒下。

葉千秋看著牠那身染上無數血花的白毛，心裡痛得不得了。

爲什麼，爲什麼他們只能走到這裡？她拉開弓，卻發現自己再也沒有力氣了。所有隊友都死了，儘管蘇輕死而復生，最後也只能倒在自己面前。

她跪了下來，鬆開手上的弓。

上神慢慢地走向她，放下手上的法杖，輕聲開口，像是嘆息。「放棄了嗎？」

葉千秋沒有說話。

上神眞的嘆息了，他舉起法杖，一道落雷破空而來。

「停下來。」

葉千秋忽然開口，她抬起頭，瞳孔一片漆黑，映著眼前的一切。圓弧狀的紫色屋頂、上神、落雷，以及自己。

落雷凝滯在半空中。

葉千秋仰起滿是髒汙的臉。「我一直在想，爲什麼這個世界會回應我，爲什麼我的期望可以驅使這個世界改變，爲什麼阿殷、霜月、黑明會來到這裡，爲什麼蘇輕能活過來。更重要的是——爲什麼你要我來到這裡，打敗你。」

上神沉默地聽著，炯炯有神的雙眼像是看透了一切。

「我們不可能打敗你。至少在這種狀態下，我們無法復活、沒有補給，甚至有體力限制，根本不可能跟你打上一整個晚上的消耗戰。但爲什麼，你還是要我來到這裡？」

葉千秋也不理會上神有沒有反應，只是自顧自地說下去。

「你想試探我？不，我選擇放棄，你就眞的想殺了我。那爲什麼呢？唯一的解答是，總有一個方法可以打敗你。」

葉千秋的話音堅定。

「正確的方法是，掌握眞理、掌握規則。這個世界爲什麼回應我？因爲我就是這個世界的規則，你爲我創造了這個世界，我才是這個世界的主宰。」葉千秋伸出手，像是握住了世界的中心。

「靜止吧！沉睡吧！關閉吧！」「咒語」從她的唇瓣流瀉而出。

「這個世界，命運遊戲的第十三個伺服器，跟現實世界分離吧！讓所有人的靈魂歸返，然後安靜地崩塌，永遠不再開啟。」

紫色的圓弧形屋頂開始崩落，葉千秋的眼前慢慢黑暗下來。

她逐漸失去意識，恍惚中只看到上神伸過來的手，聽到他輕聲說——

「妳做得很好。睡吧，孩子，睡吧。」

第十五章

葉千秋跟蘇輕漫步走過街頭。

雨還在下，這個城市一向多雨。路上的人們行色匆匆，但葉千秋跟蘇輕緩緩走著。他們並肩，神情從容，雨絲落在他們身上，奇異地穿過身軀，落在地面，沒有沾染他們一點。

他們在這個世界，卻不屬於這個世界。

這裡的一切不會對他們造成實質影響。

他們在一間咖啡廳門口駐足，看向裡頭，有個女人抱著嬰兒，神情非常溫柔。她輕輕搖著孩子，口中哼唱著歌曲，嬰兒握著她的手指，咿咿呀呀地啃著，沾滿了口水，然而女人絲毫沒有不耐煩。

她憐愛地親了親嬰兒的額頭，抱緊懷中的小生命，感到了前所未有的充實，平靜而滿足。

「霜月……」

葉千秋忍不住伸出手，輕輕按上玻璃窗，沒有留下一絲痕跡。

「要進去看看嗎？」蘇輕問她。

葉千秋搖頭。「這樣的距離就好。」

過了一會兒，一個男人從對面的街道走來，整個人意氣風發。他是這一屆電玩大賽冠軍隊的教練，正要去一間公司洽談接下來的合作事宜。

他提著公事包，心裡盤算著待會見面時的開場白。他喜歡這個工作、喜歡這個行業，他知道他能做到最好。

走著走著，忽然，一個小男孩撞上了他。

男孩手上的雜誌落到地上，剛好是這名冠軍隊伍教練的專訪，他張大了嘴，「你、你就是希望之手！」

希望之手，世人給予這名教練的稱號。

只要在他的手下受訓，就有機會站上電玩比賽的舞台。

那名教練笑笑，摸了摸他的腦袋。

「你也喜歡打命運嗎？」

男孩害羞地點頭。

「成年了再來找我。」教練遞出一張名片，接著揮揮手，走了。

男孩看著教練離去的背影，眨眨眼睛，不是很明白對方為何把名片交給自己。他喜歡玩遊戲，是因為裡頭有個NPC非常溫柔，他喜歡待在那名NPC的身旁，那樣會讓他感到平靜。

但他仍然把名片收起來。

「他們沒認出對方來呢……」蘇輕嘆息。那名教練正是阿殷，小男孩則是黑明，沒想到他們見了面，卻對彼此一點記憶都沒有。

「這樣也好。」葉千秋看著他們各自遠去，有些惆悵。

霜月、黑明、阿殷，全都回到人世了。

她原本以為，所有人都會跟著自己一起陷落於遊戲世界，卻沒想到，她跟蘇輕會在一個綠草如茵的地方醒來。

上神站在他們面前，掌心上懸浮著一隻金色的眼睛。

「孩子，這是妳的選擇。」

葉千秋沒有伸手接，「我要知道一切。」

上神微微笑了。

或許該稱他為世界法則。

「世界不是只有一個，在時間與空間的軌跡中，有無數的世界並存，彼此之間或許平行、或許垂直，天界與人間就是垂直，而遠古與蠻荒是平行。你們或許不懂，但我一直想找一個能夠開啟新世界的人。」

「新世界？」

「是的。」世界法則點頭。「每個世界發展到最後，都會出現一些脫離規則的人，原本的你們就是如此。當科學與理性達到極致之後，本能與天賦的覺醒會帶來無法抹滅的傷害與後果。因此，我需要你們開啟一個新世界，像是衛星一樣，環繞著你們的原生世界。」

葉千秋似乎有些理解了。「你要讓那樣的人移居過來？」

「不，不是我，是你們。」世界法則眼神平靜。「我凌駕於所有空間之上，可以創造，卻無法管理，我是最後的法則，我可以開啟空間，並將『鑰匙』交付給適當的人。」

「這就是鑰匙嗎？」葉千秋看著世界法則手上的金色眼睛。

她眨了眨眼，金色眼睛也對她眨了眨眼。

眼睛飛起，落入她的胸口，消失不見。

「是的，透過這把鑰匙，我可以看見你們，看見這個世界的一切。」世界法則微笑。「我說過，要給妳一個未知的世界，連我都無法掌握一切的世界，讓妳擺脫疫鬼的宿命，走自己的路。之前那些只是考驗，這個才是我眞正想給妳的。」

葉千秋有些懵懂。「爲什麼要考驗我們？」

世界法則笑得意味深長。「絕對的自由帶來絕對的權力，我必須讓妳知道，當妳身爲唯一的眞理時，必須擔負多少責任。妳的每一個決定甚至是想法，都會驅使這個世界走向不同的未來。」

他的身影慢慢淡去。「我得讓妳知道，這個禮物有多貴重。」

葉千秋轉頭看向身旁一直沉默地注視著自己的蘇輕。

「謝謝，這個禮物眞的非常貴重。」

自由，還有蘇輕，眞的太貴重了。

「至於之前那些因爲妳而來到遊戲世界的人，我讓他們回到了原本的世界，並賦予了他們全新的人生。他們不屬於這裡，所以無法留在這裡，希望妳能理解。」

「可以的，這是最好的結果。」葉千秋點頭，幾乎要說不出話。

即使心裡覺得有些惆悵，葉千秋也衷心希望他們能夠回家，原本那個世界才是他們的歸屬。

「果然是我選中的人。」世界法則微笑。

世界法則從此消失在他們面前，遵守他的諾言，再也不曾對這裡進行干涉。

葉千秋跟蘇輕兩人走過了整個世界的每一寸土壤，他們看著日出日落，看著春暖花開、秋收冬藏，看著他們的世界。

這是他們的世界。

他們自由的未來。

（全文完）

後記　那些小碎鑽般的好事

寫後記的時候才恍然發覺，《鬼道少女》終於要完結了。

雖然只有三本，卻跨越了幾乎兩年。從開稿、填坑、改寫，到最後出版、印刷，《鬼道少女》走到了最後的終點，我的人生也面臨天翻地覆的改變。本來只是在閒暇時創作，如今寫作卻變成賴以爲生的志業，我甚至因爲這樣而去念了與創作有關的研究所，待在花蓮的時候，就琢磨著下一次要寫什麼。

有時候也會想，這樣子寫下去能得到什麼呢？

出版的速度很快，新書的生命週期變得很短，很快一本書（甚至是一套書）就會淹沒在書海裡面，彷彿我從來沒有寫過，世界上從來沒有這樣一個故事。光是想到這裡，我就會煩惱得不得了，只能騎腳踏車到校園裡，繞著東華巨大的校地，祈禱不會輾到蛇或者蝸牛。（然後就忘記剛剛在煩惱什麼了）

花蓮就像這個樣子，是個具有魔法的地方。蚊子很多，尤其我又號稱人體捕蚊燈，連上課的時候都會被叮得滿腿包。天氣很熱，我常常從火車上走下來後，就邊跨過天橋邊脫外套，走到腳踏車停放的地方時，身上只剩下短袖上衣跟褲子。

這裡彷彿離世界很遠。你知道自己還在台灣，但有時候又覺得很不像台灣。沒有很多的人、沒有很多的車，八點以後，學校外面只剩下滷味攤跟雞排店，想吃個熱呼呼的宵夜都很困難，念書的時候更覺得辛苦。我憑著幼稚的想像考了進來，卻沒想到以此

「高齡」來念書，被學弟妹打臉的時候，臉上好痛啊。

要交的功課總是寫不好，想寫的小說被壓在功課後面，因此有時會有點後悔，眞是自討苦吃。但是偶爾寫出了一丁點的突破、寫出了以前從來沒有嘗試過的東西，像是短篇小說，或者處理自我生命議題的散文，又會覺得，啊！好險我來了。

寫作像是消化，將生命中大大小小的事情呑進去，然後慢慢在胃裡面磨啊磨，最後才反芻出來。幸運時可以看到珍珠，很慘時就只能看到一團夾著草梗的嘔吐物。

因爲這樣，我只能希望自己盡量不要挑食，待在課堂中，好好地吃掉一些以前很討厭的東西。這陣子寫小說的速度會慢下來，畢竟光是作業就讓我不成人形，不過我想當我準備好的時候，反芻出來的東西一定會閃閃發亮，到時候再讓各位看看。

回到《鬼道少女》這套書。

這套書從頭到尾，都只是想講命運的殘酷，但在命運的殘酷當中又殘存著像是間隙的希望。如果讀到這本書的人也跟千秋或者蘇輕一樣，希望你們永遠不要放棄希望。活著總是充滿痛苦，但也會有小碎鑽光芒般的好事。

我沒有辦法欺騙各位，說繼續活下去就一定會遇到幸福，這是不道德的，而且是天大的謊言，可是一路上絕對不會從頭到尾都是荊棘，在荊棘之中一定可以看見花朵。我想，這就是生命的意義，也是我想透過這本書傳達的事情。

（就跟我在東華念書一樣，我們一起努力，一起加油。）

逢時

國家圖書館出版品預行編目資料

鬼道少女．3，不能重來的遊戲／逢時著. -- 初版.
-- 臺北市；城邦原創出版：家庭傳媒城邦分公司
發行, 民 104.11
面；公分

ISBN 978-986-92128-9-2（平裝）

857.7　　104024046

鬼道少女 03 不能重來的遊戲（完）

作　　者／逢時
企畫選書／楊馥蔓
責任編輯／陳思涵

行銷業務／林政杰
總 編 輯／楊馥蔓
總 經 理／伍文翠
發 行 人／何飛鵬
法律顧問／台英國際商務法律事務所　羅明通律師
出　　版／城邦原創股份有限公司
台北市中山區民生東路二段 141 號 6 樓
電話：(02) 2509-5506　傳眞：(02) 2500-1933
E-mail：service@popo.tw
發　　行／英屬蓋曼群島商家庭傳媒股份有限公司城邦分公司
聯絡地址：台北市中山區民生東路二段 141 號 11 樓
書虫客服服務專線：(02) 25007718．(02) 25007719
24小時傳眞服務：(02) 25001990．(02) 25001991
服務時間：週一至週五09:30-12:00．13:30-17:00
郵撥帳號：19863813　戶名：書虫股份有限公司
讀者服務信箱 email：service@readingclub.com.tw
城邦讀書花園網址：www.cite.com.tw
香港發行所／城邦（香港）出版集團有限公司
地址：香港灣仔駱克道 193 號東超商業中心 1 樓
email：hkcite@biznetvigator.com
電話：(852)25086231　傳眞：(852) 25789337
馬新發行所／城邦（馬新）出版集團 Cité(M)Sdn. Bhd.
41, Jalan Radin Anum, Bandar Baru Sri Petaling,
57000 Kuala Lumpur, Malaysia.
電話：(603) 90578822　傳眞：(603) 90576622
email:cite@cite.com.my

封面插畫／YinYin
封面設計／蔡佩紋
印　　刷／城邦印書館股份有限公司
電腦排版／陳瑜安
經 銷 商／高見文化行銷股份有限公司
客服專線：0800-055-365　傳眞：(02)2668-9790

■ 2015 年（民 104）11月初版　Printed in Taiwan

定價／230元

ISBN　978-986-92128-9-2

城邦讀書花園
www.cite.com.tw

本書如有缺頁、倒裝，請來信至service@popo.tw，會有專人協助換書事宜，謝謝！